**Ria Potthast**

Alles mit Links

Eine Hommage an meinen Vater

# IMPRESSUM

© 2019 Ria Potthast

Verlag und Druck: tredition GmbH,
Halenreie 40-44, 22359 Hamburg

ISBN Taschenbuch: 978-3-7482-2073-2
ISBN e-Book: 978-3-7482-2075-6

Bibliografische Information der Deutschen Nationalbibliothek:
Die Deutsche Nationalbibliothek verzeichnet diese Publikation in der Deutschen Nationalbibliografie; detaillierte bibliografische Daten sind im Internet über http://dnb.d-nb.de abrufbar.

*Paderborn im Sommer 1943*

*Liebe Pauline,*
*nun ist es nicht mehr lange, bis mein zweites*
*Kind kommt. Ich mache mir solche Sorgen,*
*was ist wenn genau dann die Tommies*
*kommen? Ich habe Angst, daß es einen*
*Luftangriff auf Paderborn gibt, wenn ich in*
*den Wehen liege.*
*Ist es bei Euch in Emsdetten auch so*
*unerträglich heiß?*
*Ich hoffe es geht alles gut,*
*deine Magda*

Es ging alles gut. Am Sommeranfang 1943 erblickte ich das Licht der Welt in der Landesfrauenklinik am Busdorfwall. An dem Tag sind keine Tommies gekommen und Luftangriffe gab es auch nicht. Einige Tage später holte mein Vater, Mutti und mich nach Hause. Er benutze hierfür natürlich unser einziges Auto, ein Tempo Dreirad mit Pritsche. Diese Fahrt hatte für Vati noch eine ordentliche Rüge zur Folge. Auf der folgenden jährlichen Gärtnerversammlung wurde er zurecht gewiesen: „Wie kann man nur für eine private

Fahrt Benzin verbrauchen! Der Endsieg ist das Ziel und nur dafür dürfen unsere knappen Mittel verwendet werden!" Mein Vater stand auf, ganz ruhig, lächelte und meinte: „Wenn ich mich nach der Kriegs- maschinerie gerichtet hätte, wäre mir ja nur noch eine Schubkarre geblieben! Und das für den Weg quer durch die Stadt. Na ja, das sieht man selten: Mutter und Kind in der Karre geschoben vom Vater mit einer Hand!" Damit war das Thema erledigt und niemand erwähnte es noch einmal.

Nun kam ich also das erste Mal zu Hause an. Unsere Gärtnerei am Bischofsteich 14 wird mir immer wohl in Erinnerung bleiben. An der Straße stand ein großes Schild:

*Gärtnerei Drewes*
*gegründet 1888*
*-Weg 50 Meter!!*

Dieses Schild aus Metall, ich könnte es heute noch malen, war ein Stück meiner Kindheit. Nur noch 50 Meter und du bist in Sicherheit, egal vor was, egal vor wem.

Unser Gärtnerhaus war groß und lag von der Straße ein ganzes Stück zurück. Im Haus gab es eine große Holztreppe mit einem wunderschönem, gedrechselten Geländer, welches stets glänzte. Vor dem Haus standen zwei Gewächshäuser und mehrere Reihen Frühbeetkästen. Das ganze Grundstück war eingezäunt. Im Freiland gab es Blumen, Gemüse und Baumreihen mit Äpfeln, Birnen und Kirschen. Im Haus war zu bestimmten Zeiten immer wieder das Radio eingeschaltet. Für Nachrichten und Informationen war dieses Gerät lebenswichtig. Diese Durchsagen hatten oberste Priorität! Sobald es erklang, verstummten sofort alle. An eine ganz besonders schreiende, schrille Stimme kann ich mich erinnern. Später wusste ich – dies war die Stimme von Hitler.

Mein Vater hatte zu Beginn des Krieges einen Erdbunker geschaufelt, und zwar in der Nähe des Kompostes. Leider war aber der Kompost wiederum in der Nähe der Paderborner Stadtwerke, der Koks- und Gasanstalt, sowie den Gebäuden des Elektrizitätswerkes PESAG.

Diese Ziele wurden natürlich immer wieder von den Bombern mit ihrer zerstörerischen Fracht angeflogen. So hatten wir oft Brandbomben und umher fliegende Splitter im Kompost. Deswegen baute mein Vater den vorhandenen Tiefkeller aus. Die Wände wurden mit viel Beton verstärkt. Mit nur der linken Hand schalte er also ein und aus. Ein Helfer zum Tragen war dabei, denn alles an Materialien musste die furchtbar steile Treppe hinunter. Diese hatte nur ein Geländer, leider treppab auf der rechten Seite, so musste mein Vater stets besonders aufpassen, denn ihm fehlte seit dem ersten Weltkrieg die rechte Hand. Es muss sehr mühselig gewesen sein, aber die Zeit drängte!

Dieser Tiefkeller war also unser eigener Bunker. Hier befand sich auch die gesamte Wasserversorgung für die Gärtnerei und das Haus. Es war immer kalt und nass. Der große Wasserbehälter war angsteinflößend. Dennoch fühlen wir uns dort sicher, sobald die schwere Eisentür verschlossen wurde. Wenn der Alarm losging und das war wirklich oft, flüchteten wir alle in unseren Bunker. Dort saßen wir dann auf Holzbänken: mein Vater, meine Mutter, mein Großvater, sowie das Hausmädchen Hanni und wir kleinen Mädchen, also meine Schwester Christel und ich. Mein Vater spielte Mundharmonika, damit wir die Tiefflieger nicht hörten. Man hörte sie natürlich trotzdem noch, aber gedämpfter, schwächer, weiter weg. Wenn die Bomber Treffer in der Nähe landeten, dröhnte und zitterte der ganze Boden. Diese Erinnerung ist mir auch heute noch so nah, als wäre es gestern gewesen. Wenn dann die lang ersehnte Entwarnung kam, fühlte man eine immense Erleichterung, wie ein neues Leben, ein neuer Anfang.

Nach einiger Zeit wurde verfügt, dass unser Bunker nicht mehr sicher genug sei. Die Luftangriffe wurden immer massiver. Wir mussten nun also bei Alarm in einen großen Gemeinschaftsbunker fliehen. Ertönte der erste Alarm war unsere Routine nun folgendermaßen: unsere Hanni und meine Mutter trugen einen bereits bepackten großen Wäschekorb, welcher zwei Henkel hatte. Hanni trug auch mich auf dem Arm, meine Mutter, schwanger mit meinem kleinen Bruder, nahm Christel an die Hand. Mein Vater rannte schnell um uns das mittlere Gartentor zur Straße aufzuschließen. Dort hindurch liefen wir über den Bischofsteich, dann geradeaus über den Schulhof in die Berufsschule mit ihrem grünen Türmchen. Am Eingang zum Bunker drängten sich viele Menschen, um in diese Sicherheit zu gelangen. Immer wieder saßen wir auf den langen, langen Holzbänken. Jeder hielt sich an irgendetwas fest, an Bündeln und Kindern. Es wurde laut gebetet, wenn die Bomber sich näherten, am häufigsten den Rosenkranz. In den riesigen Räumen war es stockdunkel, nur hin und wieder brannten einzelne Kerzen. Leuchtete die Flamme ruhig, blieb es still. Flackerte die Kerze, waren in der Nähe Bombeneinschläge. Den grauenhaften Lärm der Bomber kenne ich, die Todesangst der Menschen im Keller kenne ich auch.

Mein Vater ging mit unserem betagten Großvater weiterhin in unseren eigenen Bunker, obwohl es verboten war. Mein Opa mit seinen kleinen Schritten und einem Gehstock wollte partout nicht woanders hin und alleine lassen wollte Vati ihn auf keinen Fall. Wie die beiden diese steile Treppe mit Angst und Hetze immer geschafft haben, eine wahrhaft große Leistung.

So ging es viele Monate weiter, bis die Kriegslage noch bedrohlicher wurde und alle Menschen die Stadt verlassen mussten.

Wir wurden evakuiert. Unsere Familie kam nach Sande zum großen Bauernhof W.. Der Bauer hatte schon so viele Familien aufgenommen, das der ganze Hof über voll mit Menschen war. Aber da unsere Familie dem Bauern nochmals das Herz rührte, räumte er seine geräumige Garage leer und quartierte uns dort ein. Ich kann mich genau an diesen Hof in Sande erinnern. Vor dem langgestrecktem großen Bauernhaus war eine hohe, lange Steinkante, breit wie ein Podest. Überall waren Leute mit Kindern. Zu viele um sich ihre Namen oder Gesichter zu merken. Nachts war mein Vater bei uns. Tagsüber erledigte er die wichtigsten Arbeiten in der Gärtnerei am Bischofsteich.


Inzwischen waren wir Kinder zu dritt. Mein kleiner Bruder Bernfried wurde am Anfang 1945 in der Landesfrauenklinik geboren. Meine Mutter kam gebürtig von einem Bauernhof im Münsterland und konnte sich so bei einigen

Arbeiten auf dem Hof nützlich machen. Sie half beim Kühe Melken und bekam dafür etwas Milch für uns.

Eines Tages bei schönem Wetter spielten Christel und ich im Hof, wir waren ja mittlerweile schon die Großen. Andere ältere Kinder, die auch auf dem Hof einquartiert waren hatten so lange gebettelt, bis Mutti ihnen erlaubt hatte mit Bernfried im Kinderwagen etwas spazieren zu fahren. Mutti half währenddessen beim Melken. Einige Zeit verging bis wir einen verzweifelten Aufschrei von Mutti hörten, schnell rannten wir zu ihr, es musste etwas schreckliches passiert sein. Die Kinder hatten sich einen bösen Spaß daraus gemacht den ganzen tiefen Kinderwagen mit schwarzem Sennesand zu füllen. In ihrer kindlichen Dummheit hatten sie sogar den kleinen Bernfried unten drin liegen lassen. Unter Tränen halfen wir schnell den Sand raus zu buddeln. Weinend hielt meine Mutter meinen Bruder hoch, er atmete noch – Gott sei Dank. Das war Rettung in letzter Sekunde. Mehrere Tage war in allen Gängen und Öffnungen des Babys noch Sand zu finden. Ein großer Schock für uns alle!

Meine nächste Kriegserinnerung sind die langen Wege von Sande nach Paderborn zur Panzerkaserne an der Driburger Straße. Meine Mutter war gelernte Köchin und bevor sie Vati geheiratet hatte, arbeitete sie früher dort im Offizierskasino. Die Familie dort legte große Stücke auf meine Mutter und man half sich wie selbstverständlich gegenseitig. Montags gingen wir immer zu Fuß dorthin. Mutti schob den Kinderwagen   in welchem Bernfried lag. Christel und ich durften abwechselnd auf einem Brettchen vorne auf dem Wagen sitzen. Sonst mussten wir tapfer laufen – die ganze Strecke. Da Mutti dort bei der großen Wäsche der Familie T. half, durfte sie auch unsere Kinderwäsche mitbringen. Wir bekamen für unsere Hilfe auch Lebensmittel. Das war auch gut so, denn es gab viele hungrige Mäuler. Die Familie T. hatte auch ein großes Hotel mit Restaurant in der Westernstraße. Diese langen Märsche von Sande, Lippesee bis Driburger Straße, Paderborn haben mich irgendwie geprägt. Wenn man nicht mehr gehen kann, zählt man erst bis sieben, dann noch bis vier. Danach dann bis zwei und tatsächlich man kommt irgendwann an.

Also fuhr mein Vater täglich zur Gärtnerei am Bischofsteich. Er hätte uns also auch zur Panzerkaserne bringen können, aber meine Eltern trauten sich dies nicht, denn überall gab es Kontrollposten. Und wären sie erwischt worden, wäre unser Tempo beschlagnahmt worden, das konnten sie nicht riskieren.

Für die Fahrt zur Gärtnerei nahm er sozusagen Schleichwege, kleinere Wege, statt größerer Straße - wo es eben ging. Außer der täglichen gärtnerischen Arbeit wie gießen, lüften, schattieren und dergleichen, nahm er täglich das Essen für Opa mit. Denn dieser wollte immer noch nicht den Bischofsteich verlassen. Mittags aßen sie also zusammen. Abends schlich sich Vati per Dreirad wieder zurück nach Sande. Er brachte bei den Rückfahrten immer mal wieder wichtige Sachen von zu Hause mit, Sachen wie kleinere Möbelstücke, Kleidung und Hausrat.

Diese Fahrten fielen irgendwann einigen Lagerinsassen in der Senne auf. Sie mussten die täglichen Fahrten öfter beobachtet haben. Auf der Bielefelder Straße in Höhe der

Versorgungskasernen nahm Vati eines Tages, hilfsbereit und an nichts Böses denkend, zwei russische Anhalter mit. Sie wollten angeblich auch nach Paderborn. Einer stieg zu meinem Vater, der andere auf die Ladefläche. Nach kurzer Fahrt hielt der vordere Vati eine Pistole auf die Brust und zwang ihn das Fahrzeug zu stoppen. Sogleich sprang der andere Russe von der Ladefläche runter und kam an die Fahrertür. „Wagen her – schnell – schnell!" Vati wusste das jeglicher Widerstand zwecklos war, er konnte sich nicht wehren, stieg aus und musste mit ansehen, wie die beiden davon fuhren. Wenigstens war ihm nichts passiert, aber der Schreck dieses Überfalls hatte ihm schwer zugesetzt. Er ging zu Fuß nach Sande zurück. An diesem Tag bekam Opa kein Essen.

Meine Mutter erzählte uns Kindern später einmal, das sie an jenem Tag Vati das erste Mal weinen gesehen hatte. Vor uns Kindern konnte er damals verbergen, wie geschockt und niedergeschlagen er war.

Am nächsten Tag lieh sich mein Vater ein Fahrrad vom Bauern. Die Radfahrten nach Paderborn waren sicherlich mühselig mit der einen Hand. Aber nun konnte er noch andere Wege nehmen und manche Straßen ganz meiden. So ging es einige Zeit gut, bis Vati eines abends erst spät in der Nacht zurück kam. Er sah erbärmlich aus, grau, labil und alt, obwohl er erst 45 Jahre war. Man hatte ihm unterwegs nun auch das Fahrrad geraubt. Von da an musste er diese Entfernungen täglich zu Fuß zurücklegen. Ich bewundere diese Leistung sehr.

Dann kam eines Tages der Nachmittag des großen Angriffs auf Paderborn. Mein Vater war zufällig bereits von seiner Tagestour zurück und wir waren sozusagen alle in Sicherheit. Eine unendlich lange Zeit wurde die Stadt im wahrsten Sinne des Wortes – zerbombt! Es war so unwirklich, manchmal war der Himmel schwarz von Flugzeugen und man konnte beobachten wie ungefähr in Höhe des Nesthauser Sees und weiter stadtwärts die Bomben ausklinkten, einfach grausam, unfassbar. Ein Inferno der Flammen von riesigen Ausmaßen. Wir standen auf einem kleinen Sandhügel, mein Vater und ich, Hand in Hand in Sicherheit nur durch die Entfernung zu Paderborn. Nach vielen langen Stunden, als es anfing Dunkel zu werden, wurde es endlich ruhiger, aber der ganze Horizont leuchtete in voller Breite wie ein glühend rotes Höllenfeuer. Auf dem Bauernhof schrien und weinten die Leute: „Paderborn brennt!" Dieses lichterlohe Bild hat sich bei mir wortwörtlich eingebrannt, obwohl ich erst zwei Jahre alt war. Ein Erlebnis welches ich mit allen gravierenden Eindrücken nie vergessen werde.

Am nächsten Morgen, die Stadt brannte immer noch, war mein Vater nicht mehr zu halten. Er musste sehen, was mit seinem Vater und der ganzen Gärtnerei passiert war!
Wie mir mein Vater später erzähle, hat er sich vorsichtig in Richtung Bischofsteich geschlichen. An den Fischteichen und dem Schützenplatz vorbei. Dort erkannte er schon Teile von unseren Frühbeetfenstern die umher lagen. Durch die Druckwellen waren einige tatsächlich so weit geflogen. Kein gutes Zeichen, es graute ihm vor dem was ihn zu Hause erwartete. In den Wegen beim Greitelerweg und Schützenweg lagen überall Leichen. Viele Menschen hatten in ihren

Lauben und Gartenhäuschen Schutz gesucht – vergebens. Er malte sich schon Schreckliches aus, bei allem was er unterwegs sah.

Der schlimmste Tag in seinem Leben. Bei uns am Bischofsteich stand kein Stein mehr auf dem anderen! Alle Frühbeete, Treibhäuser, die Betriebsgebäude und das Wohnhaus waren buchstäblich vom Erdboden verschwunden. Die Kellertreppe zum Bunker total verschüttet, kein Durchkommen, überall Schuttberge, Geröll und Asche! Von einer Seite konnte mein Vater in den Bunker hineinsehen. Alle Wände und die Decke waren kaputt, nur die Ecke wo Opas Stammplatz war stand noch. Sein Stuhl war auch noch heile, aber Opa war nicht zu sehen. Wo konnte er nur sein? Vati suchte verzweifelt im Geröll, hier war Opa nicht. Er schritt alles ab, keine Spur. Zuletzt ging Vati nach einigen Grübeleien Richtung Stadtheide, denn dort wohnten Verwandte. Und tatsächlich war Opa nach dem Angriff, über die Schuttberge geklettert und tapfer Schritt für Schritt bis zum Dr.-Rörig-Damm gegangen. Gott sei Dank!

Er wurde von den Verwandten sofort herzlich aufgenommen und konnte dort auch einige Monate unterkommen. Aber was muss dies für eine Tortour für einen 84 Jährigen gewesen sein, sich durch die Trümmer seines Lebenswerkes zu kämpfen.

Mutti und wir Kinder blieben zunächst noch in Sande auf dem Bauernhof. Dort geschahen noch seltsame Dinge. Es war unheimlich, fast jede Nacht schlichen unbekannte Gestalten um die Häuser und stahlen alles was nicht niet- und nagelfest war, das man in irgendeiner Weise gebrauchen konnte. Dadurch ging überall eine neue große Angst umher. Meine Mutter hatte alle Strümpfe von uns gewaschen und auf eine provisorische Wäscheleine an der Garagenwand gehangen. Nachts kamen die Diebe und nahmen von jedem Paar nur einen mit. Mutti war entsetzt! Wie konnte man ungleiche Strümpfe anziehen? Wir Kinder fanden es lustig, aber Mutti jammerte: „Hätten die Diebe doch einige Paare genommen, so hätten wir noch etwas!" Selbst dieses, im Grunde kleine Übel, konnte sie schon nicht mehr ertragen, die Nerven lagen blank, der Krieg zehrte an uns allen.

Als uns der Bauer damals die Garage leergeräumt hatte, um uns eine Bleibe zu verschaffen, hatten Kleingeräte und Werkzeuge Platz im nebenstehenden Schuppen gefunden. Und der Mercedes der Familie wurde hinter Büschen auf dem Hof versteckt. Eines Morgens traute der Bauer seinen Augen nicht. Zwar leuchtete das Auto noch durch die Büsche, aber alle vier Räder, samt Reifen waren gestohlen worden. Der Wagen war nun aufgebockt mit Bohlen vom Hof. Viele kleinere und größere Vorkommnisse wie diese interessierten damals niemanden, es traf immer nur den einzelnen.

Einmal, ich war noch in Windeln, spielte ich mal wieder im schwarzen Sennesand. Wenn die Flugzeuge mit Bomben kamen, machte ich mir stets in die Hosen, auch wenn sie nur vorbei flogen. Man erzählte sich, dass sie nun Angriffe auf Kassel flogen. Paderborn war ja bereits total zerstört. Ich schrie: „Mama die Hu-His kommen!"

Jetzt hatten wir keine Angst mehr vor den Tommies, das waren jetzt Freunde, sowie die Amerikaner. Auf der Suche nach bestimmten Personen kamen immer wieder Amerikaner auch auf dem Bauernhof vorbei. Stets schenkten sie uns Kindern Schokolade und ein Lächeln. Oft waren bei den Soldaten auch

Schwarze, nur das Weiße in den Augen und die weißen Zähne leuchteten, davor hatte ich damals zunächst Angst und musste vor Schreck schreien. Der Soldat nahm mich hoch über seinen Kopf, damit ich lachte, doch ich heulte weiter. Meine Mutter kam ängstlich angerannt, beobachtete die Situation, sagte aber nichts. Meine Mutter hatte eine Art Schockstarre, blieb regungslos. Sie hatte sich wohl schon das Schlimmste im Kopf ausgemalt. Was wenn dieser Mann mich einfach mitnimmt? Aber mir passierte natürlich nichts. Der Soldat setzte mich einfach wieder in den Sand.

Vati blieb wegen der Plünderungen, welche auch in der Stadt an der Tagesordnung waren, ganz am Bischofsteich. Hin und wieder kam er zu uns nach Sande, ganz kurz nur, um etwas Essen zu holen, dann ging er wieder zu Fuß nach Hause. Jetzt führten die Wege über Schutt und Erdhügel mit Steinen, Holz und Splittern. Vati hatte sich eine kleine Zufluchtsstätte aus Türen gezimmert, damit er nachts beim Schlafen wenigstens etwas Schutz hatte.

Er hatte damit zu tun aus unserem Schutt alles zu bergen, was noch verwendet werden konnte. Auf diese Fundstücke musste er wie ein Luchs aufpassen. Mein Vater war ausdauernd, zäh und hart gegen sich selbst. Diese Gabe bewies sich wieder einmal als überlebenswichtig.

Eines Tages war der Krieg endlich vorbei. Es wurde alles in allem wieder etwas ruhiger und man konnte es vorsichtig wagen, nach vorne zu schauen und Pläne für den Neuanfang zu schmieden.

Die Geschwister meiner Mutter lebten alle auf dem Land. Keine Familie aus der Verwandtschaft war vom Krieg so direkt betroffen, wie wir in Paderborn. Mittlerweile funktionierte auch die Post wieder, so konnten meine Eltern um Hilfe bitten. Gemeinsam wurde eine Lösung für den Wiederaufbau gefunden: Meine Schwester Christel und ich, wurden auf´s Land geschickt, erst mal für drei Jahre. Wir kamen zu Schwestern von Mutti und ihren Familien ins Münsterland. Das war unser ganz großes Glück, im wahrsten Sinne des Wortes. Ich wohnte bei Tante Toni und Onkel Bernhard in Rinkerode. Ein großes Baugeschäft nannten sie ihr eigen und waren glücklich seit 1920 verheiratet. Sie hatten erwachsenen Söhne Franz und Josef, jedoch der älteste, Bernhard

Junior galt seit dem großen Russlandfeldzug als vermisst. Deswegen herrschte oft eine gedrückte, traurige Stimmung in ihrer Familie. Damit ich als kleines Kind das nicht merkte, zeigten sie sich stets als die lustige, offene und lebhafte Familie, die sie eigentlich waren.

Zu den Mahlzeiten kamen auch die Lehrjungen und Gesellen an den langen Tisch, denn sie wohnten mit im Haus. Mein Onkel saß stets in einem breiten, bequemen Lehnstuhl am Kopfende der Tafel. Ich saß ganz stolz neben ihm, auf einem Fußbänkchen, welches auf einer sehr langen Holzbank stand. Wir beiden saßen immer als erstes am Tisch, während meine Tante noch Anweisungen für die Speisen und dergleichen gab. Die Töchter des Hauses Toni, Mia und Luise flitzten und rührten, füllten die Schüsseln auf, es war ein fleißiges Treiben, wirklich toll anzusehen. Nun kamen also alle zum Essen. Zuerst war die Bank voll besetzt und gleich danach waren auch die Stühle ruckzuck besetzt. Tante Toni betete das Tischgebet vor und nach dem Amen ging das Futtern los. Während der Mahlzeiten sprach man nur das Nötigste, denn es ging um zügiges Essen, damit danach wieder gearbeitet werden konnten. Mein Onkel und meine Tante verschwanden danach in die Unterstunde, eine Art Ruhestunde nach dem Essen. Im Haus herrschte nun Stille. Nur das Geklapper von Besteck und den Tellern war in der angrenzenden Spülküche zu hören. Oft auch fröhliches, leises Lachen der Mädchen bei der täglichen Arbeit.

Meine Schwester Christel wohnte gleich im Nachbarhaus, bei Tante Luise und Onkel Franz, sowie deren Sohn und Töchtern. Sie fühlte sich auch sehr gut aufgehoben. Aber ich hätte nicht und niemals mit ihr getauscht. Wir beiden Stadtmädchen waren zufrieden und manchmal auch der strahlende Mittelpunkt. Oft durfte ich auf dem Arm von meinen großen Cousinen sein, während sie die riesigen Kochtöpfen umrührten. Ich schwebte über dem leckeren Essen.

Was unsere Tanten mit ihren Familien in diesen Jahren an Arbeit, Fürsorge, Verantwortung und Liebe für uns aufgebracht haben, kann man gar nicht hoch genug anrechnen.

Wiederaufbau, das große Wort der Hoffnung und Zuversicht. Wir hatten nichts, aber niemand hatte etwas. Ein schwacher Trost, aber wir hatten wenigstens noch unseren Grund und Boden, guten Willen und die große Familie mütterlicherseits.

In Paderborn bauten meine Eltern, mit einem jungen Mann, der bei uns sein Landjahr absolvierte, nach und nach unser späteres Behelfsheim auf. Materialien dafür gab es auf den Schuttbergen von unserem alten Gärtnerhaus. In die Fenster- und Türstürze wurden alte rostige Waffen eingeschalt. Mutti prickelte Zementreste von den Ziegelsteinen ab. Es ging ganz langsam, aber stetig bergauf.

Als Wohnung für meine Eltern diente zuerst das Büro. Dies war in der Gärtnerei, direkt auf dem Bunker. Vom Büro war ein kleiner Teil der Wände halbwegs heil geblieben. Diese wurden zuerst wieder aufgebaut, damit meine Eltern und der kleine Bernfried dort einigermaßen, jedoch eher notdürftig, essen und schlafen konnten.

Unbeschreiblich aus heutiger Sicht, was geleistet wurde. Hier muss ich ganz besonders meinen Vater loben. Alles mit links! Die Arbeitshand hatte einen festen Eisenring, da schob Vati zum Beispiel den Schüppenstiel durch und gab dann mit links die Kraft des

Hebens und dergleichen.

Zum Glück war mein Vater sehr zielstrebig, unter größten Kraftanstrengungen erreichte er das selbstgesteckte Tagesziel. Er litt unter seinem Schicksal, aber war meistens fröhlich und freundlich. Wenn ihn Phantomschmerzen plagten, arbeitete er verbissen mit großer Härte gegen sich selbst, durch sie hindurch. Wahrlich kein leichtes Leben, auch für Mutti nicht. Unter wirklich nicht einfachen Bedingungen sorgte sie für die Mahlzeiten. Das Gemüse hatte sie selbst angepflanzt und dann erfinderisch beim Kochen leckere Speisen aus kargen Zutaten gezaubert.

Als Bernfried zwei wurde, holte Tante Lisbeth ihn mit Ihrem Mann Bernhard zu sich nach Gelmer im Münsterland. So wurde Mutti etwas entlastet. Sie nahmen Bernfried in ihre Bauernfamilie auf. Mein kleiner Bruder wurde dort regelrecht vergöttert.


Als das Behelfsheim nach etwa drei Jahren fertig war, war für uns also auch die Kinderzeit in Rinkerode vorbei. Eines schönen Tages kam Vati mit seinem neuen Dreirad ins Münsterland und holte Christel und mich nach Hause. Das war eine Freude! Auch wenn wir beide dort zufrieden und glücklich waren, die Tatsache, dass wir wieder mit Vati, Mutti und Opa zusammen sein würden, war doch überwältigend. Freudentränen liefen bei uns und andere Tränen bei unseren lieben Verwandten. Alle hatten uns so herzlich aufgenommen, wir hatten einen festen Platz in ihren Familien – nun war der große Abschied!

Meine große Schwester war inzwischen in der Volksschule am Ort eingeschult worden. Nun stand meine Einschulung an. Vati hatte sichtlich Freude an seinen Töchtern, wie groß wir inzwischen waren und wie gesund wir aussahen. Wir schrieben nun immer wieder Briefe ins Münsterland um Kontakt zu halten. Wir versprachen in den Sommern wieder zu Besuch zu kommen. Und wir verbrachten wirklich während der gesamten Schulzeit jede Sommerferien dort.

Wenn jemand dann in Paderborn nach uns Mädchen fragte, sagte Vati: „Die sind wieder auf der Fettweide!".

Wir wurden jedoch nicht nur gut gefüttert, nein auch stets neu eingekleidet. In Rinkerode gab es eine tolle Schneiderin, wir nannten sie Tante

Änne. Das Nähzimmer war bei Regenwetter ein prima Ort. Dann half ich bei den Näharbeiten, ich durfte schon vorsichtig Kleidung auftrennen. Das mache ich heute noch gerne. Wir bekamen wirklich einiges geschenkt, unter anderem Geschneidertes von Tante Änne, Essbares von Tante Toni, Eiserkuchen und Honig von Tante Luise, denn sie hatte einen eigenen Bienenstock.

Wir bekamen auch weiterhin von Mutti's Geschwistern alles, was jeder einzelne tun oder geben konnte. Große Hilfe über Jahre auf vielfältigste Weise. Wenn geschlachtet wurde, kamen Pakete mit Wurst und Schinken. Nach der Kartoffelernte fuhr Vati mit seinem Dreirad, jetzt einem Goliath ins Münsterland. Wir nannten es spaßeshalber die Hamstertour. Denn das war das andere große Wort, welches in der Nachkriegszeit alles beherrschte. Somit hatte es unsere Gärtnerfamilie gut. Ein weiterer Vorteil war, dass wir inzwischen wieder Blumen und Gemüse hatten. Wir konnten also wieder alles frisch auf dem Wochenmarkt verkaufen. Auf den Hamstertouren konnte Vati jetzt auch wieder immer etwas von uns selbst mit-nehmen, Pflanzen, Blumen und Gemüse. So kam er nicht mit leeren Händen dort an. Auch wenn wir Kleidung, Geschirr und dergleichen von Kunden oder Nachbarn geschenkt bekamen, gab Mutti gerne von allem etwas ab. Dies erfreute wiederum die Spender der milden Gaben.

Die Hilfe für einander ging aber auch manchmal in die andere Richtung, so dass Mutti im Münsterland helfen konnte.Bei Bedarf reiste sie zu ihren Brüdern um beim Kochen zu helfen, wenn zum Beispiel eine große Hochzeit auf einem der Bauernhöfe anstand.
Mit dem Auto oder Motorrad kamen die Brautleute einige Wochen vor dem Festtag zu uns und fragten Mutti höflich: „Magda, würdest du bitte das Kochen für unsere Hochzeit übernehmen? Dein Essen ist immer so lecker!"
Mutti sagte gerne zu. Eine willkommene Abwechslung und die Möglichkeit alle Verwandten, besonders alle ihre Geschwister wiederzusehen. Einige Zeit vor dem großen Tag wurde das Menü besprochen. Wenn dann die Anzahl der Gäste feststand, schrieb Mutti den wichtigen Brief mit der Einkaufsliste für alle Zutaten. Kurz vor dem Fest schrieb sie

dann noch einen Brief, dieser enthielt die Anweisungen, welche Vorarbeiten schon vor Ihrer Anreise zu erledigen waren. So war das Fleisch schon eingelegt, manches Gemüse vorgekocht und die Markknochen für Klößchen ausgekocht. Einen Tag vor der Hochzeit reiste Mutti mit dem Zug an. Die Küchenhelfer und andere gute Geister bekamen Order von Mutti, und so wurde Hand in Hand die Zubereitung des gesamten Essens erledigt. Die vielen Gäste, oftmals 100, bekamen heiß, pünktlich und wohlschmeckend das mehrgängige Hochzeitsessen auf die langen, großen Tischen. Die Köchin wurde dann hoch gelobt und bewundert.

Einen Tag nach der Hochzeit holte mein Vater sie wieder ab. Das Mutti für ihre Arbeit immer ordentlich Geld zugesteckt bekam, machte ihr am Hochzeits Kochen besonders Spaß. Außerdem bekamen meine Eltern viele Geschenke mit, und auch Wurst und Schinken, sowie Kleidungsstücke für uns Kinder. Wenn die Beiden dann wieder zu Hause auf unseren Weg einbogen, war die Freude groß. Es gab viel zu erzählen und viel auszupacken.

Zu Hause in Paderborn war ich froh, dass Großvater auch wieder bei uns war, ich mochte ihn und seine Geschichten sehr. Aber auch er hörte mir stets geduldig zu, er hatte die Zeit und Muße dafür, während die anderen Erwachsenen Arbeiten im Garten, in der Gärtnerei und im Haushalt erledigen mussten. Er nannte nun ein fast winziges Zimmerchen sein eigen, mit Bett, Spind, Nachttischchen und einem Stuhl.

Der größte Raum im Haus war die Küche, daneben ein großes Schlafzimmer. Auf der anderen Seite war das Zimmer von Opa, eine geräumige Waschküche mit Badewanne und davon abgetrennt eine Toilette. Dahinter war ein Zimmer mit einer Außentür zum Hühnerstall. Dieses Zimmer war stets für ein Hausmädchen bestimmt. In unserer Wohnküche spielte sich das Leben ab – tagtäglich von früh bis spät. Wir Kinder wurden dort ausgezogen, gewaschen, gebadet, angezogen und gepflegt, wenn mal einer krank war. Der Raum war immer sauber und aufgeräumt.

Nach einigen Jahren war unsere Familie wie folgt zusammengesetzt: Großvater, Vater, Mutter, Christel und ich, Bernfried, und meine neuen kleinen Schwestern Ulla und Magdalene, sowie unser Hausmädchen Brigitta. Die Hilfe im Garten und Haushalt von Brigitta war unverzichtbar für unsere großen Familie. Sie war für für mich wie eine große Schwester, für meine kleinen Geschwister wie eine zweite Mutter. So wohnten wir mit neun Personen, elf Jahre lang ganz beengt und einfach, aber tip top!

Nachdem das Wohnhaus weitgehendst fertig gestellt war, wurde das Vorhaus gebaut. Es stellte die Verbindung zu den Gewächshäusern her, welche als letztes wieder aufgebaut wurden. Im Vorhaus war eine Außentür zum Hof, die später auch die Eingangstür für unsere Kunden war. Ein wirklich großer, tiefer und breiter Tisch aus Beton beherrschte den großen Arbeitsraum. Ein dreiflügeliges Fenster zum Hof und eins zum Gartenweg und eins zum Steingarten ließen den Raum großzügig erscheinen. So war es innen auch schön hell. Ein Heizkörper war lang unter dem seitlichen Fenster. Davor standen zwei, drei Stühle für Kunden. Dann eine gekachelte Ecke mit einem größeren Spülstein. Die Kacheln waren sandfarben mit einer stumpfen Oberfläche, sie sahen stets sauber aus. Der Tiefkeller diente nun auch als Kühlschrank, denn in der Küche gab es keinen Platz und keine Möglichkeit. Im Büro stand ein Schreibtisch mit Schreibmaschine, ein Bett, ein Schrank und ein Wandbrett über einem kleinen Heizkörper. Darauf lag eine Steinplatte mit dem Telefon, das eine zusätzliche Außenklingel zum Gärtnereigelände hin hatte. Irgendwie hat es meistens geklappt, das jemand der in der Nähe war, das Telefonat immer noch so eben erreichte, denn es ging ja um Aufträge.

Mutti führte den Blumenauftrag aus, wir größeren Kinder lieferten die Pflanzen oder den Strauß zu Fuß aus. Wenn die Lieferadresse weiter weg war, fuhr Vati mit dem Auto und einer von uns Kindern fuhr mit um die Lieferung dort abzugeben. Mein Vater schrieb meistens einmal in der Woche Rechnungen auf der Schreibmaschine mit der Ein-Finger-Such-Technik und natürlich mit Links! Wenn das Zahlungsziel nahte, beobachtete Vati jeden Tag das Sparkassenkonto und das Postscheckkonto mit den Worten: „Mal sehen wie alt wir heute sind!?". Und so öffnete er die Post mit einem schalkhaftem Lächeln.

Der Wiederaufbau ging über Jahre, ja über Jahrzehnte. Aber man sah nach und nach Fortschritte und dieser Erfolg trieb Groß und Klein weiter an. Das meine Eltern die viele Arbeit immer geschafft haben, ist ihrem Ehrgeiz, ihrer Sparsamkeit und Willensstärke zu verdanken.

Mit Hilfe von Onkel Franz aus Gladbeck, welcher eine Schlosserei hatte, entstanden nach und nach die ersten Treibhäuser. Teils aus alten, noch vorhandenen Eisenstücken, teils aus neu gekauften Eisenstangen, Winkeln und Auflagen. Eisen zu kaufen war nicht so einfach. Man musste Alteisen oder einen Berechtigungsschein für eine bestimmte Menge mitbringen. Die Stadt stellte solche Scheine aus. Das Verglasen der Treibhausdächer übernahm mein Vater mit einem Gärtnergesellen. Dafür musste Vati alles sehr genau ausmessen, Bleistift hinterm Ohr. Keiner durfte ihn jetzt mit banalen Fragen oder unwichtigen Dingen kommen. Er arbeitete sehr konzentriert. Das genörpelte Gartenklarglas wurde in großen schmalen Holzkisten angeliefert. Die Kisten wurden mit einem langen Nageleisen aufgehebelt. Ganz vorsichtig, denn dabei durfte keine Glasscheibe zu Bruch gehen. Mit der passenden Scheibe unterm rechten Arm balancierte Vati immer wieder auf der Leiter. Die linke Hand frei zum festhalten. Das Werkzeug, das er auf dem Dach oder an den Stellwänden brauchte verstaute er in den Jackentaschen. Mit großer Genauigkeit setzte er Scheibe für Scheibe ein, kittete die Auflagen und Ritzen, befestigte die Sturmklammern.

Genau gegenüber des Vorhauses baute Vati mit großen, neuen, grauen Steinen zuletzt die Wagenhalle. Dazwischen war eine überdachte Durchfahrt, beziehungsweise der Stellplatz für den bläulichen Goliath. In der Wagenhalle hatte mein Vater mit List, Tücke und Erfindergeist, eine Vorrichtung gebaut um die Plane mit Spriegel zu betätigen. Bei Bedarf konnte er nun das ganze Verdeck der Dreiradpritsche hochziehen und wenn nötig genau so auch wieder runter lassen. So brauchte er keine Hilfe dazu und das war sein Spaß.

Hier in der Halle lagerten Autoreifen, Werkzeug und dergleichen. Hier war auch der Schraubstock mit der Werkbank. Zu reparieren gab es ja ständig was. Unordnung konnte Vati nicht ertragen, dann wurde er böse und ungehalten. Neben dem Werkzeug an der Wand hing ein gerahmtes Bild mit Aufschrift:

*Jedes Ding an seinen Ort,*
*erspart Dir Müh und manches Wort.*

An die Halle schloss sich nach vorne ein offener Schuppen an. Dort befand sich die elektrische Kreissäge. Wenn Vati Metall oder Holz auf Maß schnitt, schob er es Millimeter genau mit der bloßen linken Hand, scharf an dem laufenden Sägeblatt vorbei. Ohne jede Schutzvorrichtung. Man konnte kaum hinsehen. Passte das Brett oder der Balken freute er sich sichtlich.

Hier hingen auch alle Werkzeuge zur Bodenbearbeitung wie Hacken, Harken, Schippen, Schüppen und Spaten, aber auch Körbe und Kisten zum transportieren. Eine kleine und große Pflanzleine ordentlich aufgerollt hatten auch ihren festen Platz, luftig und griffbereit. Viel später stand hier auch die neu gekaufte Gartenfräse. Nach Westen hin schlossen die Treibhäuser an, später noch ein freistehender Kalthausblock mit Vorbau. Dann gab es noch den Keller vom zerstörten alten Gärtnerhaus mit den Originalmauern aus großen, hellen Steinen. Das einzige was vom alten Haus noch stand. An diesem Fundament war direkt das Behelfsheim angebaut worden. Die ganze Planung war durchaus gelungen. So gab es auch einen Platz zum Wenden des Autos und den besagten 50 Meter langen Weg vom Bischofsteich. Der lange Hof wurde durch ein schönes, großes Holztor geschlossen, aber es gab auch ein extra Holztörchen für Kunden.

Wiederaufbau hieß auch wieder anbauen. Dies betraf die Freifläche für Obstgehölze, sowie die Gartenfläche für Blumen und Gemüse. Der große Mittelteil mit vielen Frühbeetkästen, welche aus weißem Stein gemauert waren, lag den ganzen Tag in der Sonne. Immer wieder wurden die einzelnen Kästen repariert, damit besonders im Frühjahr, keine Kälte an die Jungpflanzen heran kam. Nach und nach wurden die Kriegsschäden behoben. Wie schon erwähnt hatten wir ja für den Betrieb und das Haus eine eigene Wasserversorgung. Der gemauerte Brunnen wurde wieder eingefasst, aber die langen Leitungen und Wasserkräne waren auch zerstört worden. Es gab viele Löcher zu flicken, aber auch diese Arbeiten erledigte Vati ruhig und geduldig. Es durfte aber nun immer nur ein Wasserkran in Betrieb sein, sonst fiel der Druck zu weit ab. Jahrelang wurden von allen Familienmitgliedern abertausende Glassplitter aufgesucht. Da die Erde durch die Arbeiten immer in Bewegung war, tauchten stetig wieder Glasreste auf, aber Gott sei Dank wurden sie immer etwas weniger. An vielen Ecken standen Blecheimer für die gefundenen Glassplitter. Trotzdem waren so Schnittverletzungen an der Tagesordnung, aber es gab ja Hansa- und Leukoplast. Die Wunde wurde gesäubert, dann mit Jod betupft, Pflaster drauf und weiter arbeiten. Schutthaufen gab es irgendwann auch nicht mehr, alles war weggeräumt oder verbaut. Ein winziger Haufen lag später noch auf der Nordseite, mit dem sparsamen Gedanken, dass man das Material vielleicht doch noch für irgendetwas gebrauchen könnte.

Unser Stadtteil war der Ükern. Wir wohnten ein bisschen außerhalb. Auf dem ganzen Ükern hatte der Krieg Zerstörung und Trümmer hinterlassen. Aber jede Woche wurde es etwas freier und ordentlicher. Wenn wir großen Kinder zur Kirche gingen, dann in die Krypta im Hohen Dom. Durch den ganzen Dom fuhren ohne Unterlass Loren mit Schutt. Schuttberge rechts und links ganz hoch aufgeschüttet. Im Pürting zum Dom, in welchem so viele Menschen beim Luftangriff umgekommen waren, machten wir immer, wie überhaupt an jedem Kreuz ein ehrwürdiges Kreuzzeichen. Auf dem Weg zur Kirche, wenn es morgens früh noch dämmerte, sah mancher Keller-eingang der eng stehenden Häuser gruselig aus. Einige größere waren Schutzräume und Bunker gewesen für die vielen Bewohner der Stadt. Die Eingänge waren teilweise verschüttet, alt, dunkel, grau und schmutzig. Man konnte bei manchen noch Richtungspfeile erkennen und Wörter wie:

*Hier rein! Vorsicht ! Feind hört mit!*

Alles erlebte, war dann wieder ganz nah. Die ratternden Geräusche der Loren, habe ich bis heute nicht vergessen. Heute liebe ich noch den Geruch von Steinen, Kalk, Zement, Sand und Mörtel. Ein Haus nach dem anderen wuchs aus den Trümmern empor, manchmal ganze

Straßenzüge. Die Straßenschilder wurden an den Eckhäusern angebracht, eine wahre Freude. Jahrelang rollten die Loren noch auf ihren Schienen zum „Backhausplatz" und kippten dort ihre Trümmer aus. Hier stand eine große Ziegelei mit einem hohen Schornstein. Neue Steine wurden gebacken oder für Straßenbeläge zerkleinert. Heute ist dort der Parkplatz der Paderhalle. Was dort nicht gebraucht werden konnte, wurde durch die Südstadt bis auf den „Monte Scherbelino" gekarrt.

1952 war meine 1. heilige Kommunion. Da der Dom noch kaputt war, fand diese große Messe in der Kapuzinerkirche statt. Die anschließende feierliche Prozession führte über den Ükern, an den Schuttwällen vorbei. Alle Kinder waren festlich herausgeputzt, obwohl es überall an Kleidung mangelte. Diesen Tag habe ich in wunderbarer Erinnerung, ein wirklich schöner Tag. Wir feierten im Vorhaus. Es war so geputzt und poliert worden, dass es glänzte und man nicht erahnte, dass hier sonst gearbeitet wurde. Einige Onkel und Tanten aus dem Münsterland waren der Einladung zu uns freudig gefolgt. Fotos haben wir im Treibhaus gemacht. Ich bekam zwei Sammeltassen, eine in blau und gold, eine mit rosa Blumen und zerbrechlichen Füßchen. Beide Gedecke habe ich noch heute. Weitere Geschenke waren ein kleines Wandgefäß für Weihwasser, eine Silberkette mit Kreuz, ein neues Gesangsbuch und einige Heiligenbildchen.

Meine Schwester Christel und ich gingen nachmittags auf dem Ükern einkaufen. Wir hatten zwei Einkaufstaschen aus braunem festen Leder. Diese waren im leeren Zustand schon schwer, deswegen gingen wir zusammen, um den Einkauf gemeinsam nach Hause tragen zu können. Wenn das Haushaltsgeld knapp war, und das war kurz nach dem Krieg natürlich häufig der Fall lief es folgendermaßen ab: Wir warteten dann hinter einer Ecke des Vorhauses, versteckt vor den Kunden. Wir waren schon parat zum einkaufen: sauber angezogen, eine frische Schleife im Haar, Tasche neben uns. Wenn dann der nächste Kunde kam, eine Blume kaufte oder etwas bestellte und bezahlte, konnten wir mit dem frisch eingenommenen

Geld endlich los. Wir bekamen immer Order, bei wem wir diesmal kaufen sollten. Da wir Geschäftsleute waren, durften wir es uns mit keinem verderben. Wir gingen dann auf dem Ükern so, wie uns aufgetragen wurde, zum Beispiel nicht mit dem Brot vom einen Bäcker an dem anderen Bäcker vorbei. Die anderen Lebensmittel waren ja in den Ledertasche verborgen. Wir hatten natürlich einen Einkaufszettel bei, und hielten uns streng daran. Stets bekamen wir einen Himbeerdrops für den Heimweg geschenkt.

Oft mussten wir lange warten bis wir an der Reihe waren. Die volle Einkaufstasche zu zweit, war doch sehr schwer. Wir zählten bis zehn oder zwanzig, dann stellten wir die Tasche kurz ab. Manchmal wechselten wir bis zu fünfmal die Hände, aber wir brachten alles heile nach Hause. Gemüse, Eier und Obst hatten wir ja selbst. Frische Milch brachte jeden Morgen der Milchmann mit einem Pferdefuhrwerk bis unten vor unser Haus. So brauchten wir diese Sachen nicht täglich schleppen.

In den Jahren gab es für kinderreiche Familien auch CARE Pakete aus Amerika. Darin war ein ganz toller Käse in Blechbehältern, den

Geschmack mochte ich, ich esse heute noch am liebsten Käse. Milchpulver war auch sehr lecker, wenn man es trocken löffelte, klebte es unterm Gaumen fest. Gegenüber am Tegelweg war ein Altersheim, Haus Elisabeth. Hin und wieder brachten wir dort Blumen zum Schmücken der Kapelle hin und bekamen dafür auch mal große Brote geschenkt.

Schokolade gab es, zur Freude von uns Kindern, wenn Besuch kam. Tante Mia, meine Patentante, sagte dann gerne: „So, ich habe auch was Schönes für Euch! Erst einmal kommen bitte die Großen zu mir." Dann bekamen Christel, Bernfried und ich jeweils einen Riegel Vollmilchschokolade von einer Tafel abgebrochen. Wir strahlten und bedankten uns herzlich. „Jetzt kommen die Kleinen zu mir, sie bekommen ja das Gleiche." So stellten sich nun Ulla und Pupa vor Tante Mia, aber auch Bernfried stellte sich wieder dazu. Tante Mia hob den Zeigefinger warnend. Bernfried sagte kleinlaut: „Ich gehöre aber immer mal zu den Großen und mal zu den Kleinen!" Alle mussten lachen und wir konnten uns glücklich das erste Stückchen vom Riegel im Mund zergehen lassen, herrlich.

Sehr viel später gab es Sonntags für jeden von uns eine Tafel Vollmilchschokolade. Er kaufte also jede Woche fünf Tafeln und wir genossen sie genauso wie damals den einzelnen Riegel.

So kam Tante Mia jedes Jahr für ein paar Tage zu uns nach Paderborn um uns etwas Gutes zu tun. Ihre Leidenschaft war es dann, Socken zu stopfen und Wäsche zu flicken. Nach drei, vier Tagen war dann alles wieder in Ordnung gebracht und heile. In diesen Tagen wurde stets viel gebetet, mehr als sonst.

Tante Mia war starke Unterstützerin der Mission in Afrika, so brachte sie uns Kindern immer Missionsblättchen und christliche Bücher mit. Außerdem ganz viele Bilder von afrikanischen Kindern in tiefster Armut und grenzenloser Not. Wenn meine Patentante dann wieder abreiste, kehrte wieder normales Leben ein. Denn hinsichtlich Tischsitten und Gehorsam war sie sehr, sehr streng zu uns Kindern.

Sie besuchte auch ihre anderen Geschwister um sich dort nützlich zu machen. Mein Cousin Ludger aus Gelmer machte auf Familienfeiern gerne Spielchen mit seinen Tanten und Onkeln. Er versteckte etwas und wer es fand hatte gewonnen. Heiter sollten alle mal in ihre rechte Hosen- oder Rocktasche fassen, aber dort war der Gegenstand nicht versteckt. Nach dem nächsten Lied, sollten dann alle in ihre andere Tasche langen und schauen wer etwas außerordentliches findet.

Tante Mia stoß einen ohrenbetäubenden Schrei aus. Sie zog eine tote Maus aus der Tasche. Alle johlten und lachten mit Schadenfreude. Wieder mal ein böser Streich des Bauern-jungen. Danach machte sie bei seinen Spielchen nie wieder mit.

Abfall gab es in den Nachkriegsjahren gar keinen. Mit altem Papier, sparsam genommen, zündete man den Ofen an, es war unser Fidibus. Bänder, Stricke, Drähte und desweiteren, sammelte man und nutze sie mehrmals bis sie morsch oder brüchig wurden. Es war die Aufgabe von uns Kindern, altes Zeitungspapier in eine bestimmte Größe zu reißen, um es als Toilettenpapier zu benutzen. Milch kam in die Milchkanne. Leere Papiertüten nahm man mit zum einkaufen, so lange sie Mehl, Zucker und Salz hielten. Wir lebten zwar immer von der Hand in den Mund, aber Hunger musste keiner von unserer Familie leiden.

Einmal in der Woche kam der Lumpensammler mit dem Pferdewagen über den Bischofsteich. Er läuterte mit eine Glocke und sang fröhlich: „Wir sammeln, Lumpen, Eisen, Knochen und Papier, ausgeschlagene Zähne sammeln wir!". Was wir nicht verwerten konnten, nahm er uns ab. Für kaputte Blecheimer mit Glas und einige Reste von Eisenstücken gab es oft einige Groschen.

Wo heute die Sparkasse ist, gingen wir früher in die Domschule. Mein Tornister war aus grüner Pappe mit roter Bandeinfassung. Sehr schön, aber wenn es regnete musste ich ganz schnell laufen oder mich lange unterstellen. Im Tonka war eine Schiefertafel, ein Griffelkasten, eine Schwammdose, sowie ein Schreib- und ein Rechenheft, später auch eine Lesefibel und das Rechenbuch. Außen am Tonka hing der Tafellappen und der Becher für die Schulspeise. An die möchte ich mich aber lieber gar nicht erinnern, außer der Erbsensuppe hat mir dort nichts geschmeckt. Meist gab es einen kakaohaltigen Brei, fast wie Pudding. Falls wir das Essen während der Pausen nicht aufgegessen hatten, nahmen wir es, schön brav und vorsichtig mit nach Hause. Dort wurde es dann wieder aufgewärmt und musste gegessen werden. Es war genau so eklig, wie der morgendliche Löffel Lebertran.

Im September 1950 bekamen wir kleinen und großen Domschulkinder eine ganz neue Domschule am Schützenweg. Es war ein richtig feierlicher Umzug. Ich trug einen dunkelblauen Mantel mit einer karierten Kapuze und eine große Schleife im Haar auf der blonden Tolle. Frau Rosemarie I. trug einen weißen Wollmantel und war damit wahnsinnig schick. Sie war meine beste Lehrerin.
Am hohen Eingangsportal waren Buchstaben aus Zement angebracht. Das hatte ich noch nicht gesehen, Buchstaben zum anfassen! Nach kurzer Zeit waren davon viele Ecken, die in Reichweite der Kinderhände waren, abgeknibbelt.
Das tolle war, diese Domschule befand sich

ganz nah bei unserem Zuhause. Jetzt brauchten wir drei Geschwister nur den Weg von zu Hause heraufzulaufen, gerade über den Bischofsteich, durch ein Loch in der Schulhecke zu schlüpfen und wir waren auf dem neuen, großen Schulplatz. Also wenn es klingelte zum aufstellten, rannten wir zu Hause los. Dieser schnelle Schulweg, lief genau parallel zum früheren Fluchtweg in den Keller der Berufsschule.

In der Küche des Landeshospitals durften wir einmal pro Woche, mit Blumen in der Hand, nach Essen fragen. Beziehungsweise brauchten wir nichts zu sagen.

Christel und ich waren stets sehr freundlich, adrett und besonders höflich. In den armen Nachkriegswintern waren wir beiden Mädchen zu Weihnachten Engelchen in der Klinik und halfen dem Christkind. Wir zogen einen weißen Bollerwagen, der himmlisch dekoriert war mit Tüchern, Bändern und Schleifen, alles in weiß. Die Räder waren mit alten Wickeln stramm umwickelt, so rollte der Wagen ganz leise. Wir trugen weiße lange Kleider mit weißen großen Schleifen im Haar. Die Schwestern schnallten uns echte Flügel auf den Rücken, man sah aber keine Halterung, denn wir trugen noch ein feines, glänzendes Leibchen darüber. So zogen wir den Himmelswagen über die langen Flure, klingelten ganz leise mit einem Glöckchen und brachten den Müttern und Kranken in den Zimmern kleine Geschenke, meist Gebasteltes oder etwas Stärkendes.

In den Jahren als wir fünf Kinder noch klein waren, hörten die Großen wir Christel und ich „Den Nikolaus gibt es gar nicht wirklich". Der Gedanke war für uns absolut nicht schön und sehr beunruhigend.
Wir saßen alle Mann in der Wohnküche zusammen und warteten auf den heiligen Mann mit Knecht Ruprecht. Es war bereits dunkel. Plötzlich ein Geräusch, als wenn etwas an das Küchenfenster schlägt. Erschrocken starrten wir auf die Tür. Wir hörten feste Schritte und schwer schlurfende Schritte. Dann ging die Tür auf, Mutti bat den Nikolaus und seinen schwarzen Gesellen ins Haus und in die Küche. Kalte Luft wehte ins Zimmer. Wir sagten ganz schüchtern „Guten Abend, lieber Nikolaus" mit einem ängstlichen Blick auf den dunklen Begleiter. Gespannt setzten wir uns wieder hin.

Der Nikolaus leuchtete fast mit seinem herrlichen, roten Gewand und dem weißem Rauschebart. Sein Knecht jedoch, war in einen schwarzen Kapuzenmantel gehüllt, trug große schwarze Stiefel und um die Taille eine Kette, welche schrecklich klirrte. Außerdem war sein Gesicht unheimlich, dunkel angemalt, nur das Weiße in den Augen, die Zähne und die Lippen waren zu erkennen, sonst nichts. Er sagte auch kein Wort und guckte grimmig von einem zum anderen.

Die Küche war voll, unsere Familie samt Opa und Brigitta. Nun setzte sich der Nikolaus auf einen Stuhl, Knecht Ruprecht blieb stehen. Jetzt kam ein goldenes Buch zum Vorschein und wir sangen ein Lied zu Ehren des Besuchers. Nach der Reihe wurden wir nach vorne gerufen. „Sind die Hände auch fein sauber?! Wie heißt Du? Mal sehen was in meinem Buch steht, ob Du auch immer brav und fleißig warst!" So ging es eine ganze Zeit. Aber nach dem ganzen Lob, holte nun Ruprecht ein schwarzes Buch aus einer Tasche und gab es weiter. Nun musste mein Bruder noch einmal nach vorne kommen. Tadel gab es! Er habe Mädchen geärgert, sie an den Haaren gezogen, in der Schule nicht gut aufgepasst,

Vatis Zigarellostummel weiter geraucht, und, und, und! Alles kleine Dinge, aber alle Kinder waren ängstlich. Bernfried bekam sanft mit der Rute einen über den Po. Er guckte trotzig. Anschließend wurden Stutenkerle, Nüsse, etwas Schokolade und Äpfel verteilt. Wir Kinder bedankten uns höflich. Die Stimmung war jetzt wieder  heiter und gelöst.

Da stand der Nikolaus auf und sagte: „Ich habe im Himmel gehört, einige hier glauben nicht das ich jedes Mal nur einmal vom Himmel auf die Erde komme? Es wäre nur so ein Spiel?" „Nein, so ist es aber nicht! Im Himmel habe ich auch persönlich gehört, das Euer Vater Euch gestern gesagt hat, Ihr braucht keine Angst haben, wenn ich komme, würde er mich einfach am Herd festbinden!" Der alte Herd hatte drei feste Stangen rings um. „Hast du das gesagt?" mit bösem blick auf Vati gerichtet. Vati erwiderte: „Heiliger Mann, ich sage es nie wieder, das verspreche ich!" Dann war alles gut und für uns Großen verschwanden die Zweifel erst mal bis zum nächsten Jahr.

Früher als alles besser, schöner und kälter war, gab es auch mehr Schnee. Mit dem Schnee gab es zusätzliche Freuden und mit der Kälte zusätzliches Leiden. Beginnen wir mit der Freude.

Wenn nachmittags die Schulaufgaben erledigt waren und keine wichtige Arbeit anstand, wollten wir Kinder natürlich in den Schnee. Aber zu Hause war das Spielen in Schnee irgendwie unmöglich. Schneeballschlachten waren verboten, wegen der vielen Glasscheiben. Rodeln ging auch nicht, da weit und breit kein Hügel war. Schlunderbahnen war auch so eine Sache, denn die Kunden sollten ja nicht ausrutschen. So durften wir zwar manchmal eine Schlunderbahn bauen, mussten sie dann aber wieder weghacken und Asche drüber streuen, ehe Kunden kamen. Da das Schlittenfahren auf unserem graden Weg langweilig war, erlaubten unsere Eltern uns meistens zur nächsten Rodelbahn zu gehen. Diese war am Busdorfwall im großen Graben außerhalb der alten Stadtmauer. Da ging es richtig gut bergab, natürlich dann etwas mühsam wieder den Schlitten bergauf zu ziehen, aber das mussten ja alle Kinder tun. So spielten fast alle Kinder vom Ükern hier stundenlang. Nach einiger Zeit waren dann jedoch die Lederschuhe vom Schnee durchnässt. Man hätte dann sofort nach Hause gehen müssen, aber es war doch grade so schön und auch noch so hell.

Es als es dämmerte und die Füße mächtig weh taten, gingen wir nach Hause. An den Zehen war es am Schlimmsten, erst juckte es, dann brannte es und dann waren sie taub. So lustig wie der Hinweg war, so mühsam und schmerzhaft war der Rückweg. Sobald wir zu Hause waren wurden die Schuhe und Strümpfe ausgezogen, da kamen dicke Frostbeulen zum Vorschein. Mutti schimpfte zurecht und ich musste ein kaltes Fußbad nehmen, welches mir sehr warm vorkam. Langsam kam wieder Leben in meine Füße. Beim Metzger musste ich am nächsten Tag irgendetwas Ekeliges holen, der Laden war voller Leute und die Metzgersfrau sagte: „ Na, hast du Frost-beulen?!" Ich schämte mich und wurde nicht nur an den Füßen rot.

Mit der Schulklasse machten wir normaler-weise Ausflüge in den Haxtergrund. Dort gab es einige gute Hügel zum rodeln.

Einmal machten wir sogar eine große Winter-fahrt nach Willingen ins Sauerland. Wir fuhren mit dem Zug, jeder hatte seinen Schlitten dabei. Mein Schlitten war besonders schnell, er hatte ein leichtes aber stabiles Untergestell aus Rohren, darauf eine Sitzfläche aus Latten.

So viel Schnee hatte ich noch nie gesehen. Schnee wo man auch hinschaute. Die Tannen und Fichten hingen in den Zweigen mit ihrer Schneelast runter. Das gesamte Bild sah aus, wie auf einer schwarz-weißen Weihnachtskarte. Was war das ein schöner Tag!

Alle Kinder hatten Spaß und wurden immer ausgelassener und mutiger bei den Abfahrten. Mit einem anderen Mädchen entdeckte ich eine Schneise auf der noch kein Tritt zu sehen war, ganz unberührt. Rechts und links die Bäume verschneit, ganz malerisch. Wir gingen diesen Weg etwas entlang, da er sich schlängelte konnten wir nicht sehen, wo er hin führte. Aber es war nicht zu steil und ohne Spuren und ohne Menschen wollten wir beide es wagen. Entschlossen starteten wir. Ich saß vorne und lenkte mit den Füßen. Wunderschön flitzen die Bäume an uns vorbei und der Schlitten wurde schneller und schneller. Es ging immer weiter bergab und wir bekamen auf einmal Zweifel: „ Dürfen wir das überhaupt? Warum war vorher noch kein anderer hier? Wo geht der Weg hin?!". Aber zum Nachdenken war keine Zeit, wegen der rasanten Fahrt auf dem großen Gefälle war kein Anhalten möglich. Die Abfahrt schien unendlich zu sein, dann tauchte plötzlich ein Gasthof vor uns auf und der Weg endete abrupt. Wir wurden wie von einer Sprungschanze in die Höhe geworfen, flogen im hohen Bogen und krachten genau vor den Eingang der Gaststätte.

Zum Glück war hier Schnee zusammen geschoben oder geweht worden. Gäste stürmten heraus und aufgeregt riefen sie durcheinander: „Wo kommt Ihr denn her? Ihr hättet tot sein können! Ihr habt aber einen guten Schutzengel! Wie kann man nur so leichtsinnig sein!" Und tatsächlich wären wir wahrscheinlich ohne die Schneewehe im Krankenhaus gelandet. Im Gasthof bekamen wir heißen Tee zu trinken und durften uns aufwärmen. Wir wussten nun nicht mehr wo unsere Klassenkameraden waren, noch wussten wir, das wir mittlerweile gesucht wurden. Durch reinen Zufall hörten wir, in welcher Richtung zwei Mädchen vermisst wurden und wir wanderten wieder zu den anderen. Genau erinnere ich mich nicht an den Rückweg, mir war der Geist wohl noch etwas benebelt.

Zu Hause erzählten wir nur von der schönen Landschaft. Der Schlitten hatte keinen Schaden genommen. Das Gefühl wenn man mit der Kraft nicht mehr umgehen kann, sondern die Kraft mit einem selber umgeht, werde ich nie vergessen.

Als meine Schwester und ich etwas größer waren, durften wir auch alleine Blumen wegbringen. Sogar wenn die Empfänger weiter weg wohnten. Es war stets spannend die Adresse zu finden, denn an den Haustüren oder Klingeln standen nicht immer alle Namen der Bewohner. Wir mussten oft nach dem Weg und den einzelnen Namen fragen. Aber damals waren ja ständig Leute zu Fuß unterwegs. Meistens bekam man zuverlässige Angaben und Wegbeschreibungen. Wir lieferten lächelnd die Blumen ab, die Leute waren freundlich und hilfsbereit und gaben oft einen Groschen, manchmal auch zwei.

An eine ganz besondere Auslieferung kann ich mich noch genau erinnern. Kunden hatten eine gepflanzte Blumenschale bestellt, als Geschenk für eine Hochzeit. Diese fand in einer

Gaststätte in Elsen Bahnhof statt. Damit wir den Hinweg mitsamt der schweren Schale mit der Straßenbahn fahren konnten, bekamen wir 60 Pfennig. Nach dem Weg brauchte man nicht fragen, wir gingen einfach den passenden Schienen nach. Wenn wir an einer Haltestelle waren, kam natürlich grad keine Straßenbahn. So wurden wir ungeduldig und gingen zu Fuß weiter. Wir waren erst etwa acht und zehn Jahre alt und mussten uns mit der schweren Schale entweder abwechseln oder sie umständlich zusammen tragen. Waren wir wieder auf offener Strecke, fuhr die Straßenbahn an uns vorbei. In diesem Rhythmus liefen wir schließlich bis Elsen, dort angekommen gaben wir die Blumenschale mit Karte in der Bahnhofsgaststätte ab. Wir bekamen einen Schluck Brause und gingen wieder zurück zum Bischofsteich. Wir waren stolz, denn wir hatten die 60 Pfennig gespart.

Wir Kinder wuchsen gut heran. Einer trug die Sachen und Kleider vom anderen auf. Wenn ein Mantel zweimal gewendet wurde und durch etwas karierten, nach Möglichkeit anderen

Materialien wieder ergänzt wurde, kam abermals ein tolles Kleidungsstück heraus. Mein Lob im Nachhinein gebührt allen Schneidern und Schneiderinnen, welche unermüdlich vor den Nähmaschinen saßen um die Nachbarschaft, sprich ihre Kundschaft schick anzuziehen. Harte, grobe Stoffe die nicht zusammen passten, immer wieder aufs Neue zusammenzufügen. Auftrennen mussten wir Kinder die Sachen vorher schon, sonst wurde das Schneidern zu teuer. Stoffe in braun und schwarz durften wir Kinder, nach Mutti`s Wünschen, niemals anziehen. Neuigkeiten an Kleidung konnten wir nur in der massiv vergitterten Schaufensterscheibe der Tausch-zentrale bewundern.

Im Behelfsheim war der Platz zum Wohnen ja eng bemessen. Mutti und wir Kinder schliefen in einem Raum. Ich lag an der Wand. Dort war ein großer dicker Pappdeckel gegen die Kälte angebracht. Im gleichen Bett schlief meine Schwester Christel zum Gang hin. Im anderen großen Bett schlief meine Mutter am Weg und Magdalene, die Kleinste an der Innenwand. Der

Weg war so breit wie das Nachtschränkchen. Unter dem langen Fenster mit vielen kleinen Scheiben stand ein Kinderbett für Bernfried. Davor am Fußend stand noch ein Gitterbettchen für Ulla. Abends zogen wir im Winter, außer einem warmen Nachthemd, auch einen Nachtmantel und Socken an, denn hier konnte nicht geheizt werden. Wenn es ganz kalt war, bekamen wir Kinder auch noch eine Mütze auf. Morgens war oft Eis an den Außenwänden, von innen glitzerten die Eiskristalle an meiner Wand. Der große Kleiderschrank für uns sechs Personen lies den Raum noch überfüller erscheinen. Die Tür zur Küche blieb abends und nachts auf, damit die einzige Wärmequelle, der Küchenherd etwas Wärme spendete. In strengen Wintern kamen früh abends angewärmte, eingepackte Ziegelsteine in die kalten, klammen Betten. Das Fenster im Schlafzimmer zum Hühnerstall war undurchsichtig von dicken Eisblumen, obwohl die Fenster doppelte Scheiben hatten.

Weihnachten stand vor der Tür, ein großer Lichtblick meiner Kindheit. Am 24. Dezember war mit Blumen und Pflanzen noch richtig viel zu tun. Wir fünf Kinder gingen pünktlich, sauber, artig und betend, wie es sich gehörte ins Bett. Wir großen Mädchen wussten jetzt auch schon wo das Christkind wohnte. Denn wir waren, in den Wochen vor dem Fest, Mutti ein paar mal heimlich gefolgt. Sie ging immer am Rathaus vorbei, noch ein Stück weiter, dann zur Marktkirche, dort war ein herrliches großes Gittertor, dahinter ein riesen Platz, noch mit Schutt, aber einen Weg konnte man bereits erkennen. Dann die schöne, verschnörkelte Fassade, da konnte nur das Christkind wohnen! Am ersten Weihnachtstag, als wir aufwachten, war das Christkind schon da gewesen. Auf dem langen Küchentisch lag für jedes Kind ein Päckchen, natürlich nicht in Papier eingepackt, aber jeder erkannte seine Sachen sofort. Eine neue Unterhose, ein Leibchen, ein paar Strümpfe, ein neues Kleid und noch weitere nützliche Kleinigkeiten. Wie haben meine Eltern dies nur immer wieder geschafft?! Festlich und sauber gekleidet, gingen wir dann mit Brigitta über den Hof zum Vorhaus in die Gärtnerei. Durch die großen beschlagenen

Fenster konnten wir schon etwas Licht sehen. Dann ging die Tür auf und wir sahen einen prächtigen Weihnachtsbaum, er stand auf dem Arbeitstisch, war glänzend Silber geschmückt und mit brennenden Kerzen beleuchtet. Wir waren begeistert und oh Wunder, auf den zweiten Blick sahen wir eine Puppe, noch eine Puppe, eine Puppenstube, ein Schaukelpferd, eine Krippe und bunt gefüllte Weihnachtsteller für jeden. Das war eine Freude!

Gestern stand noch nichts da, jetzt lag sogar ein Teppich auf der Boden – so etwas kann eben nur das Christkind! Eine gute Stunde durften wir uns die schönen Geschenke anschauen und sangen ein paar Weihnachtslieder, Vati spielte Mundharmonika. Bald legte mein Vater beim großen Heizkessel Koks nach, und wir räumten alles weg, teilweise ins Wohnhaus. Die großen Spielsachen stellten wir in das wärmste Treibhaus, dort wo Opa seinen festen Platz für tagsüber in einem bequemen Stuhl hatte. Nur der Tannenbaum blieb zur Dekoration stehen. Am gleichen Tisch wo gerade die Bescherung statt gefunden hatte, wurde in einer Stunde wieder verkauft. Die vollen Vasen mussten nun mit Eile auf den Tisch gestellt werden. Das Papier zum Einpacken wurde wieder an seinen

Platz gehangen, der Teppich musste aufgerollt werden. Die Leute aus der Stadt gingen wieder dem Schild nach die 50 Meter weiter zur Gärtnerei. Die Kunden kauften rote Nelken, rosa Nelken, Alpenveilchensträußchen und kleine Weihnachtstulpen. Die Kunden suchten sich, mit Vati´s Hilfe, auch Topfblumen direkt im Treibhaus aus. Mutti band sehr schöne Blumensträuße. Nach zwei, drei Stunden war der Trubel vorbei. Dann ging Weihnachten privat weiter. Die Kunden waren stets sehr freundlich und Opa, der viele Kunden von früher kannte, freute sich über die festlichen Wünsche. Ulla schaukelte auf ihrem Pferd unter der Aufsicht von Opa, und Pupa saß auf seinem Schoß, ein Bild des Friedens.

Bernfried passte auf dem Hof auf, damit die Kunden nicht zufällig ausrutschten. Christel und ich hatten mit Brigitta das Essen fertig gekocht und aufgewärmt. Am Vortag war der Braten, sowie das Gemüse und die Kartoffeln schon vorbereitet worden. Die Suppe wurde noch heiß gemacht, der Pudding stand schon kalt. Neun Personen konnten sich genüsslich an dem leckeren Festmahl laben. Es war noch genug da für den zweiten Weihnachtstag.

Mit dem Auto holten wir auch noch Koks zum Heizen von den Gas- und Stadtwerken nebenan, da ein großer Lastkraftwagen auf unserer Zufahrt keinen Platz hatte. Erst musste der noch dampfende Koks vom Auto runter geschaufelt werden. Dies tat mein Vater alleine mit der großen Koksforke. Nun lag der Berg Koks auf einem Haufen vor unserem Vorhaus. Was in die Vertiefung beim Heizkessel passte, wurde von uns Kindern mir kleinen Eimern als erstes aufgefüllt. Das Loch musste immer aufgefüllt werden. Somit war auch schon ein kleiner schmaler Weg frei auf dem Hof, wenn Kunden kamen. Der Vorrat, also das meiste vom Koks, wurde in den großen Schuppen geschaufelt und mit einer Einradkarre weggefahren. Mein kleiner Bruder und ich erledigten diese Arbeit meistens. Wir fühlten uns dabei stark und groß. Nach 1955 hatten wir einen geräumigen Kokskeller im Anbau, dann brauchten wir den Koks nur noch durch das Kellerfenster befördern. Das Koksschaufeln ging erst gut und schnell. Dann mit jeder Stunde langsamer. Erst hatte man als Kind, brennende heiße Hände von dem Schaufelstiel. Dann juckte es furchtbar. Stunden später wurden die Blasen an den Händen immer dicker. Zum Schluss gingen sie auf, erst lief Wasser raus, dann Blut. Wir nahmen dann ein Taschentuch, wir hatten ja stets ein bei, und wickelten es um den Schaufelstiel. Alsbald wurde weiter geschaufelt, bis wir endlich fertig waren. Mein Bruder und ich waren dann glücklich und erleichtert. Und vor allem stolz, dass wir eine so große Menge Koks bewegt hatten und Vati in der Zeit andere Dinge erledigen konnte. Und schließlich hatten wir ja zwei gesunde, wenn auch etwas lädierte Hände, und Vati nur die eine. Gestöhnt hat niemand über die Arbeit, wir waren froh helfen zu können. Nach der körperlich harten Arbeit, konnten wir nicht sofort Schulaufgaben machen, weil die Hände zu viel zitterten.

An der Tür, durch die ja alle Kunden gingen, stand ein dickes Schild:

*Türen schließen – es wird geheizt!*

Und wehe wir oder die Kunden ließen die Tür beim Durchgehen länger auf als nötig.

Das Endprodukt des Heizens war Schlacke, grob, hart und scharfkantig. Diese wurde natürlich, wie konnte es auch anders sein, wiederverwertet, und zwar zur Wegbefestigung.

Die kalte, alte Schlacke wurde falls noch nötig klein gehackt und bei Bedarf noch gewalzt. Von diesen Wegen hat jeder von uns Kindern noch eine Narbe, man kann sie gut von anderen ehemaligen Wunden unterscheiden, denn es ist noch Asche der Schlacke drin. War wieder einmal einer von uns Kindern hingefallen, die Tränen noch in den Augen, guckte Vati sich das Malheur an und sagt meistens: „Ach es ist ja nur die Pelle, die Tapete wächst schnell wieder nach. Nicht so schlimm." Bei größeren Verletzungen: „Au, das sieht ja doll aus, wir können ein Bild davor hängen, dann sieht man es nicht mehr!". Wir lachten unter Tränen, Mutti verarztete uns und es ging schnell wieder besser.

Alle zwei Stunden musste im Winter der Heizkessel für die Gewächshäuser neu nachgefeuert werden. Deswegen schlief mein Vater im Büro. Platz wäre aber auch im Behelfsheim beim besten Willen nicht gewesen. Im Büro beim Telefon hing ein Bilderrahmen:

*Fasse dich KURZ!*

Dauerte ein Telefonat länger, fragte Vati

schalkhaft: „Kannst Du nicht lesen?" Ärger gab es aber eigentlich nur, wenn mein Vater irgendetwas suchte und nicht fand.

Wenn wir Bestellungen für Kränze hatten, fuhr Vati mit dem Dreirad in die Senne um das Grün dafür zu schneiden. Für Bernfried und mich war das immer wie ein Ausflug. Wir bekamen ein Butterbrot mit und saßen neben meinem Vater im Dreirad, hinten drauf eine lange Zugschere. Erst fuhren wir zum zuständigen Förster, dieser stellte die Genehmigung für unser Schneiden aus. Dann suchte mein Vater, manchmal ganz schön lange, nach geeigneten Bäumen. Die Kiefern durften nicht zu hoch sein, wegen der Länge der Zugschere. Aber auch nicht zu klein, da das Grün dieser Bäume nicht die Qualität für Kränze hatte. Es sollte immer strubbeliges, festes, dickes Kieferngrün sein. Dann konnte man einen Kranz schneller wickeln, als mit dünnen Spieren. Hatten wir im Sennewald die passende Stelle gefunden, verlängerte mein Vater die vorher schon lange Zugschere und knipste einen Zweig nach dem anderen von den hohen Bäumen ab. Diese großen Zweige und Äste fielen sacht auf den Sennesandboden. Wir Kinder schnappten uns die Äste und zogen sie zum Auto. Es war oft ein unwegsames Gelände, und der Weg zum Auto lang. Wir packten das Auto voll, mein Vater legte die längsten, großen Zweige noch oben drauf. Dann warf er ein festes Strick drüber, machte es mit unserer Hilfe zweimal an den Haken, an denen sonst die Plane mit Lederschnallen befestigt wurde, fest.

Nun aßen wir die Butterbrote, holten tief Luft und machten eine kleine Pause. Dann fuhren wir wieder zum Förster, der schätzte die Menge des Grüns, mein Vater zahlte und danach fuhren wir nach Hause. Oft mussten noch am gleichen Tag die Kränze gewickelt werden. Mein Vater schnitt am Steintisch im Vorhaus das Bindegrün mit einer scharfen Rosenschere auf die passende Größe und meine Mutter wickelte auf Weidenreifen schöne, buschige Kränze. Die Kiefer war so frisch, das der ganze Raum nach Waldluft roch. Die Finger klebten nach kurzer Zeit zusammen, wie ein schwarzer Handschuh. Kunden wussten mittlerweile schon das es nicht abfärbte, wenn sie Mutti und Vati die Hand gaben. Dieser Harz ging nur mit einer speziellen Waschpaste ab, es war ein Gemisch aus Sand, Seife und Fett. Auf der Dose stand:

*Es gibt vielerlei Verwandte,*
*doch nur eine Grüne Tante!*

Diese Dose stand am Spülstein mit einer Scheuerbürste stets parat, damit Vati seine Hand sauber schrubben konnte.

Wir Kinder gingen stets früh zu Bett, denn spätestens um 7 Uhr war die Nacht um. Meine Eltern arbeiteten oft bis Mitternacht, manchmal die ganze Nacht durch. Vati hatte eine Art Abhöranlage gebaut, so hörte er, ob im Haus alles ruhig und friedlich war. Vom Haus bis zum Vorhaus waren etwa 20 Meter. Wenn so viele Kränze gefertigt wurden, war es ein warmer Geldregen. Ein Kranz mit Blumen kostete 4,- bis 30,- DM. Die Schleifen druckte mein Vater mit einzelnen Buchstaben und einem schwarzen Teergemisch. Steckdrähte standen in Eisenhülsen, wir nannten sie „Drahtbomben", denn sie waren sehr schwer und aus dem Krieg. Die Blumen für die Kränze drahtete meine Mutter an. Mein Vater garnierte die Kränze damit. Hier noch einige Nachkriegspreise aus unserer Branche:

Vergissmeinnicht 10 Pfg., Primeln 20 Pfg.,
Fuchsien 60 Pfg., Begonien 15 Pfg.,
Stiefmütterchen 7 Pfg.,
pikierte Gemüsepflanzen 5 Pfg.,
ein Eimer gute Komposterde 40 Pfg.

So ging das Leben weiter, nach und nach verschwanden die Trümmergrundstücke in der ganzen Stadt. Im Dom konnten wir von Zeit zu Zeit immer wieder eine neue Kapelle bestaunen. Mit viel weiß und gold strahlten sie Zuversicht aus, wie aus einer anderen Welt, so schön. Lange waren die Seitenkapellen noch mit Schutt und Holzbrettern verschlossen. Wenn irgendetwas los war auf dem Ükern, durften wir Kinder hin, aber immer zu zweit oder dritt. Ein Anlass war das Richtfest am Hohen Dom und auch das Raufziehen der ersten großen Glocken.
Es gab Sportfeste im neuen Inselbadstadion, es war eine Ehre, überall dabei sein zu dürfen. Aber der Ausblick ging immer nach vorne, mit gewissem Stolz über das was man als Kind erreicht hatte, aber ohne jede Überheblichkeit.

Naturgewalten, in diesem Fall das Gewitter, waren natürlich früher heftiger, stärker und länger anhaltend. Das ist ja klar, alles war früher schöner, größer oder schlimmer als heute. Diese Empfindungen sind prägend, da man sie in der Kindheit erlebt hat. Die Angst spielt meiner Meinung nach eine tragende Rolle dabei. Da unsere Gärtnerei schön frei lag, ohne große Bäume in der Nähe, konnte niemanden entgehen, wenn dunkle Regen- oder Gewitterwolken aufzogen. Wenn das Wetter bedrohlich wurde, wurden alle Hände groß und klein gebraucht. In den Gewächshäusern musste schnell abgelüftet werden. Das heißt alle aufstellbaren Fenster am Dach und den Seitenwänden mussten geschlossen werden. Auch die Frühbeetkästen mussten abgelüftet werden, dies bereitete die meiste Arbeit. Im Laufschritt nahm man die Lufthölzer weg, so dass die Fenster nun flach auf dem Kasten lagen. Der Stapel mit den Frühbeetfenstern wurde mit schweren Eisenbahnschwellen gesichert, hier musste man aufpassen, dass das Gewicht sich nur auf die Holzrahmen verteilte und nicht auf die dünnen Glasscheiben. Die Türen der Gewächshäuser mussten auch fest geschlossen werden, damit der Wind und Regen sie nicht aufreissen konnte. Wenn dann die ersten Tropfen Regen fielen, konnten wir

72

erstmal aufatmen. Vati machte stets noch Kontrollgänge.

Wenn dann das Gewitter losging, waren alle Kinder sind im Haus und schauten gebannt aus dem Fenster. Auch heute habe ich keine Angst bei Gewitter, darüber bin ich sehr froh. Meine Mutter war bei Gewitter voller Angst, zündete Kerzen an und betete mit uns Kindern den Rosenkranz der schmerzhaften Mutter Gottes. Das Gemurmel beruhigte sie. Kam das Gewitter nachts, war alles noch dramatischer. Wir zogen uns schnell an und hielten dann jeder etwas in der Hand, was wir retten wollten, falls der Blitz einschlug.

Mein Vater kam bei Gewitter nicht ins Haus, er blieb im Vorhaus, Schuppen oder Gewächshaus. Am liebsten ging er jedoch nach draußen, wenn das Wetter so richtig tobte, die Naturgewalt erleben. Erst wenn seine Kleidung komplett durchnässt war und das Unwetter abklingte, kam er auch ins Haus zu uns. Dann zog er seine Arbeitsjoppe aus und von seinem Hemd stieg etwas Dampf auf, wie beim Bügeln. Oft fiel beim Gewitter auch der Strom aus, wenn der Strom später wieder an war, wurden die Kerzen und Rosenkränze wieder weggepackt. Alle Familienmitglieder waren dann erleichtert.

Sollte mal ein Gewitter während einer Mahlzeit kommen, hörten wir sofort auf zu essen. Selbstverständlich, denn ein Aberglaube sagte, wenn man beim Gewitter isst, schlägt der Blitz ein. Wir hatten aber immer Glück, trotzdem schlug der Blitz hin- und wieder in die Stromleitung oder die Wasserleitungen draußen. Der Schaden wurde dann halt repariert und nicht weiter davon gesprochen.

Mein Vater forderte jedoch gerne mal sein Glück heraus. Ein einmaliges Szenario werde ich nie vergessen, das Gewitter tobte gerade über uns und ich stand innen am Fenster. Ich sehe wie Vati den schnurgeraden Weg im Freiland entlang spazierte, seelenruhig. Da schlägt ein Blitz in die am Weg entlang laufende Wasserleitung, hell brennend bis er sich an den Wasserkränen entlud. Dessen Eisen verbogen sich von der Wucht, Vati ging einfach weiter.

Die Vielzahl von Blitzen, ihre Farben und Formen, diese unbändige Kraft, beeindruckten mich stets. Bei großen Blitzen zählten wir Kinder, wie weit das Gewitter noch entfernt war. „Einundzwanzig, zweiundzwanzig, dreiundzwanzig,.." bis man den Donner hören konnte. So machten wir mit Hilfe der Windrichtung und Wolkenlage in etwa aus, wo das Gewitter war und wann es bei uns sein würde.

An dem Tag als Vati so leichtsinnig gewesen war, schimpfte Mutti heftig: „ Du forderst das Schicksal ja gerade zu aus! Wie kann man nur so etwas tun?!". Vati erwiderte lächelnd: „ Was regt ihr euch so auf, es ist doch gar nichts passiert!"

Zeit zum Spielen gab es bei der vielen Arbeit nicht oft. Aber Sonntagsnachmittags spielten die kleinen Mädchen mit Puppen, wir anderen spielten verstecken, Hüpfekästchen, Seilchen springen, Tonnereifen schlagen, jonglieren mit Diabolo oder drei kleinen Bällen üben, alles auf dem Hof. Mit großen schweren Bällen durften wir wegen der Glashäuser und Frühbeetfenster nicht spielen. Es gibt ein schönes Bild da sitzt Magdalene mit unseren großen Schildkröt-puppen und anderen Puppen in einer Reihe im Steingarten auf kleinen Polsterstauden. Weil sie so überaus zart war und den ganzen Kopf voll kleinen hellblonden Locken hatte, hieß sie bald nur noch Pupa, bis heute.

Mehrere Kunden welche keine Kinder hatten sagten oft: „Ach, was sind das schöne Kinder! Kann ich nicht eins davon mitnehmen? Sie haben doch so viele!" Pupa wusste nicht das die Kunden nur scherzten und bekam Angst. Wenn sie von da an gewisse Kunden oben an der Straße sah, versteckte sie sich sofort und blieb unsichtbar, bis diese Leute wieder verschwunden waren. Meine kleine Schwester Ulla war ein ruhiges, liebes Kind, welches sich fügte und meines Wissens nie laut war. Ulla hatte blonde Zöpfe mit Schleifen daran. Auf dem Schaukelpferd ist sie praktisch groß geworden. Erst in einem Sitzgestell des kleinen Pferdes, aber schon früh auf dem großen Holzpferd. Vom Gebrauch und Streicheln war der Schimmel an einigen Stellen bereits kahl. Das Zaumzeug und der Ledersattel war ursprünglich weinrot, aber mittlerweile schon fast ohne Farbe. Das große Untergestell war hauptsächlich die Schaukel, weit auslaufend oder ein Brett mit kleinen Metallrädern. Da die Fußböden bei uns nicht so eben waren, kam das Rollbrett selten zum Einsatz.

Als Ulla etwa fünf oder sechs Jahre alt war, hatte sie die Idee ihre eigene Frisur zu verändern. Für dieses Vorhaben hatte sie dann heimlich die große, spitze Papierschere stibitzt. Diese war immer schön scharf, da mit ihr das Krepppapier für die Blumenmanschetten geschnitten wurden. Damit sie nicht entdeckt wurde, versteckte sie sich damit unter dem Schreibtisch im Büro. In dieser beengten Position schnitt Ulla sich mit der langen Schere einen Pony. Die feinen blonden Stirnhaare hatte sie nach vorne gezupft und abgeschnitten. Gott sei Dank haben nur die Haare dran glauben müssen. Ihr Schutzengel muss wohl dabei gewesen sein. Es gab später großen Ärger und die Frage: „Wie konnte das geschehen?". Den Spruch: „Messer, Gabel, Schere, Licht, sind für kleine Kinder nicht!" kannte ja jeder von uns, Ulla natürlich auch.

Es gab Zeiten, da sahen Christel, Bernfried und ich überall in der Stadt verteilt bunte Plakate mit der Aufschrift:
*Der Zirkus kommt!*
Wenn dann Kinder am Nordbahnhof die Züge mit den Tieren ankommen sahen, machte das schnell, wie ein Lauffeuer, die Runde. Wir

wohnten ja nicht weit weg und fragten Vati, ob wir zum Verladebahnhof dürften, die Tiere anschauen. Vati stimmte zu und wäre wahrscheinlich am Liebsten mitgekommen. Wir Kinder rannten dann den ganzen Weg und kamen japsend an.

Die Güterwagen waren dann meist schon abgekoppelt und standen an der Verladerampe. Die großen Rolltüren wurden aufgeschoben, die Elefanten kamen als erstes heraus. Erst die ganz großen Muttertiere, dann folgten die jüngeren Tiere, welche jedoch auch riesig waren. Mir kamen die Dickhäuter mit ihren großen Augen immer traurig vor. Der Dompteur gab Kommando und die graue Gruppe blieb ruhig stehen. In den nächsten Waggons waren schöne Esel, Ziegen und andere Tiere. Oft gab es auch einen großen dunkelbraunen Bären, er war in einem rollenden Käfig. Bei einem Waggon brauchte man sich nicht wundern, was wohl im Innern verborgen ist, denn es ragte ein langer gefleckter Hals mit einem schönen, großen Kopf hervor. Die Giraffe hatte dunkle Augen mit wundervollen langen Wimpern. Sie kaute seelenruhig an frischen, grünem Gras und stolzierte gelassen die Rampe runter. Sehr bewundernswert, welch schöne Tiere! Damit noch nicht genug, es gab auch noch Kamele und eine Gruppe witziger Alpaka. Zu guter Schluss in Rollkäfigen noch gefährliche Tiere, wie Löwen und Tiger.

War der Zug dann leer, marschierte die ganze bunte Schar los, Tierpfleger, Tiere und Zirkuswagen, im Schritttempo. Wir und viele andere Kinder liefen nebenher, im Grunde gefährlich, aber ich glaube es ist nie etwas passiert. Der Weg führte auch über den Bischofsteich und wir drei bogen dann in unseren Weg ein, um unsere Arbeiten fortzusetzen. Dabei erzählten wir Vati und Opa lautstark von unseren Beobachtungen.

Für uns war der Zirkusdurst so gestillt. Die Vorstellungen waren für uns zu teuer und das Angucken der Tiere in den Gehegen zu langweilig. Nach ein paar Tagen war dann der ganze Zirkus über Nacht wieder verschwunden, nur die Hinterlassenschaften der Tiere zeugten noch vom Rückweg vom Maspernplatz zum Nordbahnhof.

Nachdem der Zirkus abgezogen war, hatten die Straßenfeger viel zu tun. Es wurde von Hand mit großen Besen gefegt. Mir klingt noch ihr Spruch in den Ohren: „Küttel hin oder her, wenn doch nur schon halb sieben wär!", denn dann endete ihre Arbeitszeit. Mit Wasserwagen spritzen die Saubermänner die von den Tieren besonders verdreckten Straßen ab. Auch wenn es in trockenen, heißen Sommern zu staubig wurde, wurde mit Wasser nachgeholfen. Auf diese Art verschwanden auch zweimal die Woche die letzten Spuren vom Marktgeschehen vor dem Dom. Viel gefegt wurde auch nach dem Viehmarkt, der alle vier Wochen auf dem Maspernplatz stattfand. Pferde, Kühe, Schafe, Ziegen, Gänse, Enten, Hühner und Kaninchen wurden dann angeboten. Ein reges Treiben, schauen, verhandeln, kaufen und weiterziehen. Die vielen Tiere brachten ein Bild ländlicher Idylle in die Stadt.

In der Domschule hatte ich in den unteren Klassen meine Freundinnen Ingrid und Marianne. Als diese dann zum Gymnasium wechselten, verlor man sich aus den Augen, da ich ja auch nachmittags im Betrieb helfen musste. In den letzten Schuljahren waren dann Flori und Sigrun meine guten Freundinnen und wir hatten in den Schulpausen immer viel Spaß. Oft kleideten wir uns ähnlich. Mode war es gerade weiße Blusen und karierte Faltenröcke zu tragen. Dazu eine knappe, enge Weste mal in rot, mal in schwarz. Wir fühlten uns so richtig gut. Es war eine völlig unbeschwerte Schulzeit. Wir lasen alle drei gerne und es gab damals schon drei Groschen Romane. Wir tauschten sie unter einander aus und verschlangen den Lesestoff förmlich.

Zu Hause hatte ich auch Bücher. Mein allererstes Buch hieß *Gärtnerin Ilse* und ich hatte auch die *Heidi* Bücher. Die alten Ausgaben von *Nesthäkchen* habe ich heute noch. Ich liebe immer noch Abenteuerromane wie *Nanni und Nonni.*

Die heißen drei Groschen Romane las ich heimlich bei Mondschein. Denn das Licht musste ja um eine bestimmte Uhrzeit aus sein. Christel hatte mittlerweile schon ein eigenes neues Zimmer oben drüber.

Manchmal durfte ich mit Christel ins Kino gehen um einen Musikfilm anzuschauen. Die Handlungen reichten uns in diesen Filmen, ein Kuss auf der Leinwand war damals das höchste der Gefühle. Aber man musste schon der Schlager wegen ins Kino. Sonst konnte man nicht mitreden. Zu den einzelnen Filmschlagern gab es an der Kinokasse kleine Heftchen mit den vollständigen Texten. Im nu waren alle Strophen auswendig gelernt. Conny Froboess, Peter Krauss, Freddy Quinn und viele mehr erfreuten uns sehr. Zwei Schauspieler der damaligen Filme waren meine absoluten Helden und Idole; James Dean und Harry Belafonte. Ich war richtig verknallt in diese beiden schönen Jungs.

Jeden Mittag mussten Christel und ich spülen. Das Geschirr war nicht wenig bei der großen Familie, obwohl Opa und Brigitta nicht mehr bei uns waren. Mit Schüsseln und Töpfen waren es doch Berge. Christel wollte immer spülen und ich musste abtrocknen und wegräumen. Also trocknete ich extra schnell ab, um so dann Christel mit dem Spülen unter Druck zu setzen. Dabei sangen wir alle Schlager der Zeit, mit jedem Refrain wurde die Arbeit ruhiger und einfacher zu erledigen. Beim Schuhe putzen, eincremen und blankwienern sangen wir auch. Wir sangen laut, glaubten aber damals auch, das wir schön singen würden.

Für meine schöne Schulzeit bin ich besonders dankbar. Meine absolute Lieblingslehrerin war Rosemarie I.. Die hübscheste Lehrerin, die auch noch die schickesten Kleider, Mäntel und Kostüme trug. Sie war beliebt und fleißig. Sie brachte uns Schülern in kurzer Zeit sehr viel bei. Zur Schule zu gehen war für mich eine echte Freude.

Da Brennmaterialien, vor allem Kohle knapp waren, und nicht alle Schulgebäude beheizt wurden, mussten wir im Winter oft in eine andere Schule gehen. Dann waren die Schulwege weiter, denn es kam drauf an, welche Schule gerade Kohlen hatte. Mal in die Busdorfschule, mal Theodorschule, mal in die Karlschule, aber immer pünktlich.

Im Sommer fanden jährlich zwei große Ereignisse statt. Alle Paderborner erwarteten das Fest mit großer Vorfreude. Wenn dann die bunten Wagen der Schausteller und Karussellbetreiber auf den Straßen zu sehen waren, konnte es nicht mehr lange dauern.

Einen riesen Trubel gab es wenn Libori anfing. Der Pottmarkt auf dem kleinen Domplatz war ein großer Anziehungspunkt, auch für Gäste aus dem Kreis und der weiteren Umgebung. Die Stadt war voll, und zwar überall. Auf dem großen Domplatz waren reihenweise Buden aufgestellt, hier wurden allerlei Dinge angeboten. Gewürze, Bonbons, Spitzen, Gardinen, Schürzen, Lederhosen, Messer, Tinkturen und unendlich mehr Nützliches und Unnützliches wurden rege verkauft. Wir gingen meistens nur zum Pottmarkt, denn von dort fehlte im Grunde immer etwas. Tassen und Teller oder manchmal auch ein Emailletopf, wenn ein alter ein Loch bekommen hatte, vielleicht auch mal ein Kartoffelstampfer, weil der alte abgebrochen war. Wir Kinder durften uns eine Tüte gebrannte Mandeln teilen, welch ein Genuss.

Das bunte Treiben vom Liboriberg blieb uns einige Jahre verschlossen. Erst als alle fünf Kinder etwas größer waren, ging Vati mit uns auf den Rummel. Mutti blieb lieber auf dem Domplatz, so waren alle zufrieden und fröhlich. Bei dem großen Gedränge auf der Kirmesmeile glaubten wir Vati, wenn er sagte: „Bei so vielen Kindern, kann man nur einmal bei allen Karussells vorbei gehen, denn die anderen Kinder wollen ja auch noch alles sehen!"

Deswegen war es auch ganz klar, jeder darf nur einmal auf ein Karussell. Darum suchten wir ganz genau aus, welches es in diesem Jahr sein soll. Später gingen wir dann über die Promenade wieder nach Hause, welch herrlicher Sonntagnachmittag.

Das andere große Ereignis war das Bürgerschützenfest. Hier waren wir aber nur Zaungäste, im wahrsten Sinn des Wortes. Leise hörten wir schon von weitem die Musikkapellen des festlichen Umzugs. Wir Kinder rannten los, quer über den Bischofsteich, durch die Hecke zum Schulhof bis zum Schützenweg. Da standen wir dann und warteten auf die Parade der Schützen. Verschiedene Fußtruppen der jeweiligen Kompanien marschierten im Takt an uns vorbei, vorne an eine herrlich bestickte Fahne. Die meisten Schützen, kannten wir aus der Maspernkompanie, sie winkten uns lächelnd zu. Die Musikkapellen mit ihren blank polierten Instrumenten waren faszinierend. Trompeten, Posaunen, Klarinetten, große Trommeln und wunderschöne Schellenbäume waren eine große Freude für die Augen und Ohren. Die Kutsche des Königpaares mit Pagen war festlich mit Blumen geschmückt und wurde von stolzen Pferden gezogen. Es folgten weitere Kutschen mit dem Hofstaat und der Zeremonienmeisterin. Kleider in Farben und Formen wie in einem Märchen. Viele Reiter auf geschmückten hohen Rössern ritten rechts und links nebenher. Dann folgten viele, viele weitere Fußtruppen. Die Parade zog weiter zum Schützenplatz, wir durften jedoch weder mitlaufen, noch dorthin. Vati hatte etwas gegen jede Art von Vereinsmeierei und war misstrauisch gegen jede Gruppenbildung. Es waren die frühen fünfziger Jahre, so dachten damals noch viele.

Meine Cousine Mia aus Gladbeck opferte früher oft ihren Jahresurlaub im Sommer, um uns in Paderborn zu helfen. An den Markttagen fuhr sie mit Vati zum Wochenmarkt.

Einmal, als es mittags nach Hause ging passierte diese Sache: Auf der Heierstraße, welche abschüssig war, bekam das Dreirad einen Platten, großes Malheur. Vati sagte: „Mia, Du bleibst hier beim Wagen und musst aufpassen, dass nichts wegkommt und nichts passiert. Ich gehe nach Hause, muss eine Karre holen!" Wie Mia sich fühlte, in der vom Markt strömenden Kolonne, kann ich mir denken. Bald kam Vati mit einer breiten, festen Karre wieder. „Und was jetzt?" fragte Mia. „Wir schieben jetzt die Karre unter die Achse und du drückst den Griff so ganz stark runter". Durch die Hebelwirkung war der platte Reifen entlastet und schwebte sozusagen. „Und nun?" „Jetzt drückst du ganz fest weiter und wir fahren langsam nach Hause!" Gesagt, getan - mühsam war die Fahrt, aber es war geschafft. Ob diesmal das Auto für einen kurzen Stop an der Eckkneipe anhielt oder nicht, weiß ich nicht.

Ein anderes Mal, in einem anderen Jahr fuhr Mia mit Vati in die Senne zum Grün schneiden. Es gab wieder Bestellungen für eine Beerdigung und das Kiefergrün sollte natürlich frisch geschnitten werden. Kurz bevor sie die vom Förster zugewiesene Stelle erreichten, hatten sie auf der Panzerstraße tatsächlich wieder einen platten Reifen. Vati sagte Mia: „Du bleibst hier und passt auf!" Es war später Vormittag, als er losging einen Ersatzreifen von zu Hause zu holen. Die Senne ist ein Truppenübungsplatz und somit Sperrbezirk. An der Stelle, wo die Panne passierte, war es etwas hügelig und auf der gegenüberliegenden Seite war flaches, offenes Gelände. Es war menschenleer. Mia setzte sich auf einen Sandhügel und sonnte sich. Da sie nur von Stille und Vogelgezwitscher umgeben war, wurde sie müde und schlief ein. Auf einmal weckte man sie unsanft auf. Vor ihr standen zwei englische Soldaten mit auf Mia gerichteten Gewehren. Der Schock für die selig Schlafende war groß. Mit Händen und Füßen konnte sie dann jedoch irgendwie glaubhaft erklären, sie gehöre zu dem Dreirad und der Fahrer käme gleich zurück, mit einem neuen Rad. Mia wartete und wartete, dann hörte sie, daß eine Werkssirene, die den Feierabend im angrenzenden Ort verkündete. Dann war es jetzt schon 17 Uhr!

Etwas später hielt dann ein Lieferwagen, Vati kletterte mit einem Rad unterm Arm von der Ladefläche und lachte. Er montierte das Rad, Mia gab ihm die gewünschten Werkzeuge an. Dann war es vollbracht. Nun einer kurze Pause mit Butterbroten und Thermoskanne, fragte Mia: „Und jetzt fahren wir nach Hause?" „Nee, nee, jetzt schneiden wir das Grün!" entgegnete Vati pflichtbewusst. Trotzdem kam Mia auch weiterhin gerne zu Mutti und Vati zum Helfen.

Als wir Kinder noch klein waren, fragten Kunden manchmal, ob wir auch schön in den Kindergarten gehen. Vati sagte dann mit Stolz: „Unsere Großen, Christel und Ria gehen schon in die Schule und die passen gut auf die Kleinen auf. Wir haben ja viele Kinder und einen Garten, also den reinsten Kindergarten!" Auf der Straße mit anderen Kindern durften wir nicht spielen, aber befreundete Kinder konnten jederzeit zu uns kommen, auf unserem Hof war viel Platz zum spielen, ebenso in der Laube und im Steingarten.

In den Treibhäusern, zwischen den Frühbeetkästen und auf dem Freiland wurde nicht rumgelaufen und gespielt. Verständlich aus Sicht der Erwachsenen, denn es war viel zu gefährlich zwischen den Glasscheiben.

Als Christel und ich noch ganz klein waren, bevor wir ausgebombt wurden, saßen wir bei schönem Wetter im Garten, inmitten vom Blumen. Bei Regen im Gewächshaus, dann trommelten die Regentropfen laut auf die Scheiben. Rundherum schöne Blumen und Pflanzen. Ich war in einem hölzernen Laufstall und Christel spielte mit den Puppen.

Immer dabei unser Großvater. Er war alt, konnte keine Arbeiten mehr erledigen, aber prima auf uns aufpassen. Er trug immer einen Hut, im Sommer einen Strohhut. Opa war hager, fast dürr mit einem schmalen Gesicht und einem langen, weißen Bart. Er hatte als junger Mann schon im Krieg gekämpft, unter anderem in Metz. Den Säbel aus der Zeit habe ich noch genau vor mit, er war aus blitzblankem Metall mit Eingravierungen, Ranken und dergleichen.

Den Säbel hat später mein Vater beim Bau unseres Hauses, an einen Maurer verschenkt, der an diesem historischen Stück großes Interesse gezeigt hatte.

Wenn Opa uns Kinder sah, ging ein freundliches Leuchten über sein Gesicht. Mein Opa kaute Priem, Kautabak und stopfte seine Pfeife einmal am Tag. Oft guckte er traurig vor sich hin. Er hatte überall seinen festen Platz und stufkerte langsam mit seinem Gehstock von Platz zu Platz. Auf seiner schönen Taschenuhr, sah er, wann er zum Mittagsessen losgehen musste, über dem Hof ins Behelfsheim. Hier saß er am Kopfende des Tisches. Er hatte eine große Stoffserviette auf dem Schoß, falls er kleckerte. Manchmal verfing sich auch eine Erbse der Erbsensuppe in seinem weißen Bart.

Morgens und abends gab es meistens kalte Küche. Mittags kochte Mutti mit Brigitta immer frisch aus dem Garten. Es war stets gut und nahrhaft. Sonntags gab es Fleisch, montags die Reste, dienstags war noch die herrliche Soße da. Das Bratenstück war nie groß, aber alle bekamen etwas ab. Das größte Stück natürlich Vati, er musste ja auch am meisten arbeiten, ein etwas kleineres Stück wurde Opa auf den Teller gelegt, kleine Stücke für Brigitta und Mutti, dann die kleinsten Stücke für uns Kinder. Es wurde generell immer geteilt und jeder war zufrieden.

Bei Tisch wurde gebetet und dann das Essen aufgetragen. Für uns Kinder schnitt Brigitta alles passend klein. Mutti richtete die Teller für Vati und Opa her, und schnitt das Essen mundfertig. Vati hätte sonst ja nicht essen können, und Opa auch nicht mehr. Wir brauchten dann jeder nur eine Gabel, dann gab es auch weniger zu spülen.

Sonntags und manchmal auch in der Woche gab es noch Nachtisch – lecker! Während des Essens wurde an sich nicht geredet, es sei es gab etwas wichtiges, was nicht warten konnte.

Wenn mittags Kunden kamen, ging Mutti zum bedienen. Die Kunden schätzten sie sehr und kamen gerne zu uns, trotz des langen Weges.

Nach dem Essen legte sich Opa in sein Kämmerchen, es war wirklich sehr klein. Seine Zimmertür hatte ein winziges Fensterchen aus Glas, so konnte etwas Licht hinein. Das Kämmerchen war echt nur zum schlafen da. Mit roten Schlafbäckchen und guter Dinge, stufkerte er nachmittags wieder über den Hof um einen seiner Plätze einzunehmen.

Morgens las er die Tageszeitung ohne Brille, aber mit einem Vergrößerungsglas, dieses hatte er immer in der Jackentasche. Dabei rauchte er zufrieden seine Pfeife.

Nachmittags passte er auf uns Kinder auf, ich saß gerne auf seinem Schoß. Dann machte er mit mir erst Kik – Kik – Kik. Lächelnd kam er mit seiner Nase an mein Näschen um es anzustupsen. Ich weiß, das konnte meine Mutter überhaupt nicht leiden. Wir taten es dann nur, wenn es keiner sah.

Opa erzählte mir immer tolle spannende Geschichten, man würde heute sagen Jägerlatein und Seemannsgarn. Gebannt hörte ich zu, fragte immer wieder nach, und Opa erfand die Geschichte immer weiter.

Meine Lieblingsgeschichten war die, was Opa auf der Grasbank alles gesehen und erlebt hatte.

Die Grasbank war eine Böschung entlang unserer Grundstücksgrenze in Richtung PESAG. Das dieser Bereich selten betreten wurde und hinter dem Zaun gleich die Kohlen- und Koksberge lagerten, hatte das Ganze immer etwas geheimnisvolles an sich. Der Weg dort entlang war gut 3 Meter breit und vollkommen mit Gras bewachsen, also kein Rasen, sondern richtig Gras, ähnlich einer Weide. Oben zur Straße war ein großes Eisentor. Gedacht um einmal ohne das Auto zu wenden, von der Straße runter bis in den Betrieb, und dann wieder hinauf bis zur Straße zu fahren. Aber in Wirklichkeit fuhr niemand daher und das Tor war immer zugeschlossen und teilweise zugewachsen. Die Grasbank war bei trübem Wetter mystisch.

Mein Opa erzählte von Tigern, Löwen, Wölfen und ähnlichen Tieren, auch Elefanten und Giraffen kamen in den etwas gruseligen Geschichten vor. Erzählt wie Tatsachenberichte und sehr spannend, wenn Opa in der Geschichte nach dem Säbel, dem Gewehr oder dem Messer griff. Eine schöne unterhaltsame Kinderzeit.

Durch den unermüdlichen Fleiß meiner Eltern lief alles rund, keiner unserer großen Familie musste leiden. Im Sommer unterm Fliederbusch erfand Opa andere Märchen, von Käfern, Schmetterlingen und Libellen auf schönen bunten Blüten.

Inzwischen hatte Opa bedingt durch das Alter immer weniger Zähne. Das Kauen wurde zusehends schwieriger. Nach einigen Jahren hatte er nur noch einen einzigen Zahn im Mund. Opa sagte: „Ich muss jetzt ganz gut aufpassen das der Zahn noch lange hält!" „Opa, was ist, wenn der auch noch rausfällt?" fragte ich. „Na, dann kann ich nicht mehr sprechen, überhaupt nicht mehr!" „Das will ich aber nicht" jammerte ich traurig, als ich mir vorstellte, es gäbe keine Geschichten mehr.

1952 feierte Opa seinen neunzigsten Geburtstag. Die Gäste waren seine sechs Kinder  mit ihren Männern und Frauen, sowie 12 Enkelkindern. Alle gratulierten ihm voll Freude. Die Zeitung brachte einen großen Bericht über den alten Gärtnersmann, einen der ältesten Bürger der Stadt. Dem Reporter berichtete Opa viel Interessantes aus seinem langen Leben, und der guten alten Zeit.

„Es waren herrliche Jahre, um die Jahrhundertwende, da gab es nur einen Steuerbeamten für Paderborn, und der ließ noch mit sich handeln!" Die Überschrift des dreispaltigen Berichtes war:

*Flora - Kinder begleiten seinen Lebensweg*

Gefeiert wurde im Vorhaus der Gärtnerei. Dekoriert war üppig mit Palmen und Blumen. Ein ganz langer Tisch wurde aufgebaut. Tischdecken versteckten die Markttische und langen Bretter. Alles richtete man so festlich her, wie es eben machbar war.

Meine Mutter, die gelernte Köchin und das Hausmädchen zauberten herrliche Speisen. Für viele Leute zwei oder drei verschiedene Menüs zu kochen, war also gar kein Problem. Sie konnte gut planen und vieles vorbereiten, so dass der Tag gut und harmonisch verlief.

Abends durften wir Kinder länger aufbleiben, es war lustig und die Gäste wurden immer heiterer. Eine Tochter von Opa, unsere Tante Lieschen tanzte in schwarzen Netzstrümpfen, sonst auch schwarz gekleidet und mit schwarzen Stöckelschuhen auf dem langen Tisch. Es wurde geklatscht und gesungen. So etwas hatten wir Kinder noch nie gesehen.

Opa war mit 14 Jahren, im Jahr 1877 nach Paderborn gekommen. Sein Vater war in

Sommersell Förster und wurde in Paderborn städtischer Bauaufseher. In dieser Eigenschaft leitete mein Urgroßvater auch die Anlage der Fischteiche in Paderborn als Naherholungsgebiet. Daran konnte sich mein Opa noch gut erinnern, denn zu der Zeit absolvierte Opa seine Lehrzeit in einer Paderborner Gärtnerei.
Nach einigen Gesellenjahren trat er dann in das 131. Infanterieregiment ein und kämpfte in verschiedenen Kriegen, lange auch in Metz. 1888 machte er sich selbstständig am Bischofsteich und gründete unsere Gärtnerei.

Als ich 13 Jahre alt war, wünschten wir Kinder uns ein Schäfchen, nur für uns. Nachdem wir immer wieder bettelten, gab mein Vater nach einiger Zeit nach. Also ging Vati zum nahegelegenen Viehmarkt, welcher alle vier Wochen auf dem Maspernplatz statt fand. Nun nannten wir ein schönes Schäfchen unser eigen.
Es wurde auf unserer Grasbank angepöhlt. Es sollte die grobe Wiese auffressen. Bis jetzt hielt Vati das Gras mit der Sense kurz, und Bernfried und ich bearbeiteten die Ränder mit einer

Sichel, das war aber sehr mühevoll. Das Schaf bekam den Namen Lotte. Es wuchs gut heran, wir hatten endlich ein größeres Tier zum streicheln. Ansonsten hatten wir nur unsere Katzen.

Lotte wurde dicker und dicker. Vati sagte eines Tages „Lotte muss jetzt zum Schafscherer." „Und wie?" „Der, der am lautesten geschrien und gebettelt hat, geht mit ihr los." Das war dann wohl ich. Wir gaben generell keine Widerworte Erwachsenen gegenüber,so waren wir erzogen. Vati beschrieb mir den Weg, er war ziemlich lang, bis in die Nähe der Schießstände am Diebesweg.

Mein Weg führte Richtung Stadtheide und weiter und weiter. Kinder und Jugendliche, welche auf den Straßen spielten, lachten und neckten mich und Lotte. Kein alltägliches Bild, ein junges Mädchen mit einem Schaf. Die Kinder ulkten: „Guck Dir die Beiden mal an, der eine ist dick, der andere ist dünn!" Ich bin bestimmt rot geworden, zog aber unbeirrt weiter.

Nach mehreren Durchfragen, kamen wir nach einiger Zeit endlich bei dem Haus des Scherers an. Nun war aber der Schäfer gar nicht zu Hause. Seine Frau sagte, er komme bald zurück, ich wartete und wartete. Dann kam er und sah natürlich sofort was ich wollte, besser gesagt, was das Schaf brauchte. „Du musst das Schaf halten, ich schere dann, aber es dauert schon eine Zeit." „Kann ich das Schaf nicht hierlassen und morgen wieder abholen?" „Nein, nein das geht nicht, jetzt wird´s gemacht!" Inzwischen dunkelte es. Lotte fest und richtig zu halten, in verschiedenen Positionen, war gar nicht so leicht. Dann war auch die Schur irgendwann geschafft. „Die Wolle stecken wir in einen Sack, den kannst du dann morgen leer wieder her bringen." Es war ein großer Sack voll Wolle, nicht besonders schwer aber ganz prall. Das hatte ich nicht erwartet. Ich zahlte dem Mann für die Arbeit das Geld in die Hand. Mit Lotte wieder am Strick, wuchtete der Schäfer mir den Sack mit Wolle auf den Rücken. „Komm gut nach Hause" rief der Mann mir schmunzelnd nach.

Mittlerweile war es dunkel und ich ging los, hoffentlich würde ich den Weg zurück auch finden. Nirgendwo gab es in der Gegend eine Lampe am Weg und alles sah so anders aus, als auf dem Hinweg. Ich stapfte unerschrocken weiter, auch wenn vor mir etwas aufflog oder raschelte. Auf Baumstämmen die abgesägt am

Weg lagen, machte ich mal eine kurze Pause und wechselte Lotte und den Sack auf die jeweils andere Seite.

Weiter und weiter ging der Weg zurück und ich sah endlich von weitem Lichter der Straße in der Stadtheide. Nach endlosen Schritten erreichte ich die Stelle, wo auch vorher die Kinder und Jugendlichen gespielt hatten. Was habe ich mich gefreut, endlich einen Menschen zu sehen. Sie riefen: „ Ey, guck mal, jetzt ein anderer dicker und der andere dünner!" und lachten mich an. „Ihr braucht gar nicht so zu lachen, helft mir lieber!" entgegnete ich. Ich machte eine kleine Pause bei Ihnen und sah sie mir genauer an. Ich kannte niemanden davon, aber sie waren etwa in meinem Alter. Drei der Jungen begleiteten mich dann noch ein ganzes Stück weiter. Ich nahm Lotte und sie wechselten sich mit dem Sack ab, welcher ja total nach Schaf stank. Sie gingen mit bis zur Eisenbahnbrücke am Nordbahnhof. Ich war erleichtert, jetzt war es nicht mehr weit bis zum Bischofsteich.

Meine Eltern waren bereits in großer Sorge, da ich so lange weggeblieben war. Meine anderen Geschwister waren schon im Bett, ich war kalt, müde und hungrig. Beim Essen erzählte ich

alles. Meine Mutter sah besorgt aus und mein Vater grinste:„Warum hast du die Wolle mitgebracht?". „Der Schäfer hat gesagt, daß ich die Wolle mitnehmen muss, das würde immer so gemacht!" und kleinlaut fügte ich hinzu: „Ich darf ja keine Widerworte geben."
Alle Kleider mussten gewaschen werden und nicht nur einmal. Am nächsten Tag fuhr ich mit meinem schönen blauen Rad, nochmal zu dem Schafscherer, er freute sich als er mich sah und war auch froh das alles gut gegangen war. Ich gab ihm den Sack, bedankte mich noch mal und fuhr winkend zurück. In der Stadtheide sah ich noch einige der Jungs von gestern Abend, ich lachte und winkte ihnen grüßend zu.

Zum Abschluß der Volksschulzeit planten wir Schüler mit unserer Lehrerin eine mehrtägige Klassenfahrt. Wir traten die Reise freudig an.
Wir fuhren nach Hamburg und übernachteten in der Jugendherberge Stintfang nahe am Hafen. Wir gingen über die Landungsbrücken und stiegen den Michel hinauf. Die Augen immer groß und neugierig auf alle neuen Eindrücke um uns herum. Unsere damalige Klassen-

lehrerin war kurz vor der Pension, aber voller Tatendrang. Von kleiner Gestalt, aber sehr forsch ging sie am frühen Abend mit uns über die berüchtigte Reeperbahn. Wir fanden es gar nicht so sündhaft wie angekündigt. Wir gingen artig in Zweierreihen Hand in Hand. „Augen nach vorne! Keiner schaut nach rechts oder links!" ordnete die Lehrerin an. Wir lernten das dort früher die Seiler wohnten und die langen Seile für die Schifffahrt fertigten.

Das imposanteste Erlebnis war für mich der Hafen im nächtlichen Licht. Überall an den hohen Kränen waren Lampen. Die Schiffe waren großzügig beleuchtet und bei der Einfahrt erklang das Nebelhorn. Ein Kommen und Gehen die ganze Nacht. Da nur ein Stockbett die beste Aussicht auf den Hafen hatte, saßen dort oben dann zehn, zwölf Mädchen um das nächtliche, fremde Treiben bestens zu beobachten. Es ging eine ganze Zeit gut, aber dann gab es ein Knarren und einen Rums und wir landeten alle auf dem unteren Bett. Die Aufsicht im Nebenzimmer hat das natürlich auch mitbekommen und rauschte in unser Zimmer. Ärger! Die Klärung wurde auf den Morgen verschoben.

Wir fuhren aber an dem Morgen schon früh mit

einem Bus nach Cuxhaven, so konnte etwas Gras über die Angelegenheit wachsen.

In Cuxhaven gingen wir auf große Pötte und staunten nicht schlecht. Der Maschinenraum war imposant und fast gigantisch. Hatten wir in Hamburg bei der Hafenrundfahrt die großen Schiffe noch von außen bestaunt, bewunderten wir nun die Riesen der Meere von innen. Die *Arosa Sun* bleibt mir in eindrucksvoller Erinnerung. Ein schönes Bild, unsere Klasse auf der Gangway, sehe ich mir heute noch gerne mal an.

So hatte die Schulzeit einen tollen und harmonischen Abschluß gefunden. Wieder zurück in Paderborn folgte bald der letzte Schultag. Im festlichen Rahmen wurde dann das Zeugnis übergeben. Ich hatte mich schick gemacht mit einem neuen Sonntagskleid in blau-grau mit weißem Spitzenkragen. Darüber mein hellblauer Popelinemantel und schwarze elegante, aber flache Sonntagsschuhe.

Nach acht Jahren Schulzeit war ich nun dreizehn und begann einen neuen Lebensabschnitt. Bei uns im Betrieb begann ich die Lehre als Gärtnerin.

Meine älteste Schwester Christel begann ihre Lehre bei der Bank nach einer einjährigen Handelsschule.

Für mich war der Beruf Gärtner, die beste und schönste Berufswahl. Damals konnte die Lehre im elterlichen Betrieb begonnen werden. Und dann später mussten noch ein oder zwei Jahre in einem fremden Betrieb absolviert werden.

Mein Vater war nun also auch mein Chef und hatte mir ein altes Geschäftsfahrrad organisiert. Es war schwarz und schwer, nicht schön, aber praktisch. Die Räder waren klein und vorne vor dem Lenker in einem Gestell war viel Platz für Kisten mit Ware. Wenn nun auf dem Markt etwas zu wenig vorhanden war, fuhr ich schnell nach Hause um es zu holen. Rasch ging die Fahrt die abfallende Heiersstraße runter, dann über die Meinwerkstraße, den Heierswall überquerend zum Bischofsteich, jetzt noch einmal rechts und letztlich nur noch unseren Weg runter. Fix die Blumen zusammengepackt, oder das gewünschte Gemüse, rauf auf mein Lastenrad und nun ganz viel treten, treten, treten um den Anstieg zum Markt flott zu schaffen.

Von März bis Dezember fuhren wir mittwochs

und samstags auf den Wochenmarkt. Das Dreirad immer hoch beladen. Im Frühjahr ging es los mit pikierten Gemüsepflanzen und Beetpflanzen wie Tagetes, Löwenmäulchen, Sommerastern, Cosmea und dergleichen. Später im Jahr frischen Kopfsalat, Petersilie, Schnittlauch, Äpfel, Kirschen und noch vieles mehr. Ab Mai gab es große Sommerblumen Sträuße, alles aus dem eigenen Garten, von Mutti mit Naturbast gebunden.

Zum Markt zu fahren war Freude und Qual. Toll war es wenn es viele leere Kisten und Körbe gab. Nicht so gut, wenn noch viel Ware wieder mit nach Hause genommen wurde. Ganz gleich welches Wetter war, Vati und ich fuhren zum Markt. Um 6 Uhr in der Frühe wurden meistens die Stände aufgebaut. Um 7 Uhr kauften schon die ersten Kunden Gemüse oder Blumen, oft noch im Halbdunkeln. Die Standgebühr für die Stadt Paderborn wurde nach der Länge des Verkaufsstandes berechnet und am Vormittag gleich abkassiert. Jeder Marktbeschicker hatte seinen festen Platz. Wollte man unbedingt woanders den Stand aufstellen, musste man das mit dem anderen Marktkollegen vorher irgendwie auskungeln. Erfahrungsgemäß war es aber besser, immer an der gleichen Stelle zu verkaufen. Der Stand musste ein Firmenschild haben und eine gute sichtbare Preisauszeichnung.

Die Marktkasse durfte nicht aus den Augen gelassen werden, denn Spitzbuben gab es ja zu allen Zeiten. Die Waage war einfach, aber genau, sie musste von Zeit zu Zeit zum Eichamt. Die Gewichte waren schwer, aber es machte Spaß etwas auszuwiegen. Die ganz kleinen Gewichte waren ordentlich sortiert in einem Holzkasten.

Der Marktfrieden wurde massiv gestört, als sich der erste Holländer auf dem Markt breit machen wollte. Da gab es verbale Kämpfe. Der Neuankömmling wollte ausgerechnet auf unseren Platz. Jetzt fuhr mein Vater schon um 5 Uhr früh los, trotzdem war der Neue schon da. Danach begann mein Vater um 4 Uhr früh. Wer als Erster da war, beanspruchte den gewünschten Platz. Auch wenn wir bereits in der zweiten Generation zum Markt fuhren, ein Recht auf einen bestimmten Platz gab es damals nicht. Als wir öfter an den Rand gedrängt wurden und die damit die Laune von Vati auf Null war, gemischt mit Wut, stellte mein Vater das Auto vollbeladen quer auf unsere gewohnte Fläche. Und das nachts um

1 Uhr. So war es nach Marktrecht noch keine Übernachtung, was ja nicht geduldet wurde.

Die Freude am verkaufen auf dem Markt war auf jeden Fall getrübt, aber unsere treuen Kunden sollten nichts davon merken, denn sie konnten nichts dafür. Der Holländer ließ keine Ruhe und schließlich wurde ihm seitens der Stadt ein Platz zugewiesen, der Frieden zog nicht wieder ein. Das Angebot dieses Mannes führte genau dazu, wovor mein Vater und die andern Gärtnerkollegen Befürchtungen hatten. Blumen in Hülle und Fülle zu einem Schleuderpreis. So wurden Kunden, angelockt vom massigen Überfluss sowie den Kleinstpreisen, abgeworben.

Mein Vater fuhr mit mir noch gut drei Jahre zum Markt. Wenn um 12 Uhr das offizielle Marktgeschehen vorbei war, bauten wir zuerst den Stand ab. Erst kamen flache Kisten und Körbe auf die Ladefläche der Nuckelpinne, dann die Tischbretter quer auf die gekanteten Seitenbleche. Darauf legten wir die vier Holzblöcke und die größeren Kisten mit restlichen Topfblumen. Die Marktkasse stand nun vorne im Auto. Jetzt wurde der Platz von uns gesäubert und grob gefegt. Dann ging die Fahrt nach Hause, eine ganze Wagenkolonne musste durch das Nadelöhr Am Bogen. Es fuhren Handkarren, Pferdefuhrwerke, Autos in allen Arten und Größen sowie Fahrräder.

Das Marktspektakel war für heute wieder vorbei. Na,ja so ganz doch noch nicht, das erste Haus auf dem Bischofsteich war Vatis Stammkneipe. Der Wirt war sein Freund aus Kindertagen und die schöne Wirtin liebte Vati, aber nur platonisch. Da konnte er schlecht einfach nur vorbeifahren, was ich gut verstehen konnte. Ich fuhr mit dem Fahrrad nach Hause und war um 13 Uhr zum Essen da. Mutti wusste: „Musste Vati wieder erst anhalten?" Ich: „Ja, du weißt ja, aber er wird wohl bald kommen!" Meine Mutter ärgerte es wenn der Wagen mit den restlichen Blumen so offensichtlich vor dem Eckhaus stand. „Was sollen die Leute denken?!" das war Mutti`s größte Sorge. Wenn es zu lange dauerte, sagte Mutti zu meinem Bruder: „Holst du wohl das Dreirad nach Hause, Vati ist wohl mal wieder versumpft." Früh bekam Bernfried von Vati schon den Zweitschlüssel, was ihn, den Junior ehrte und freute. Nachdem mein kleiner Bruder 14 Jahre alt war, fuhr er, wenn die Luft rein war, das Dreirad nach Hause. Am schwierigsten war die Einfahrt zu unserem Weg, man lenkte einen ziemlichen Bogen um rechts nicht die Mauer, und links nicht den Drahtzaun mitzunehmen. Auf dem Weg war Bernfried schon in Sicherheit, denn es war eigener Grund und Boden. Auf dem Hof luden wir das Auto ab, versorgten die Blumen und ordneten sie wieder zu, nachdem alle gegossen wurden. Die Bretter, Böcke und viele Kisten hatten natürlich alle einen festen Platz unter dem bewährtem Motto „Jedes Ding an seinen Ort, erspart Dir Müh und manches Wort".

Bernfried und ich waren ein gutes Team. Wenn Vati dann endlich nach Hause kam, lächelte er verschmitzt, schaute auf seine Arbeitshand mit Armbanduhr und sagte erstaunt: „Was so spät ist es schon?"

Mit dem schweren Geschäftsfahrrad hatte ich einmal nach dem Blumen ausliefern einen Unfall. Das schlimmste war, ich hatte ihn verschuldet. Von der Südstadt kommend fuhr ich über das Kasselertor und dann die Liboristraße runter. Damals durften auf dem Kamp noch vor den Geschäften, direkt bis zum

Theodorianum, Autos parken. Um zu sehen, ob die Straße, also der Kamp frei war, stellte ich mich auf die Pedalen hoch, schaute über die Autos und es war frei. Ich wollte nicht erst absteigen. Nun war ich auf dem Kamp, um rechts weiter zufahren. Aber hinter den parkenden Autos, kam ein kleiner gelber Goggo an. Am Kotflügel vorne stießen wir zusammen. Ich bin nicht gestürzt und konnte vom Rad abspringen. Aber das starke Tragegestell vorne hatte den Kotflügel des Goggos ordentlich beschädigt.

Die Fahrerin stieg schimpfend mit hochrotem Kopf aus. Gleich wurden wir von neugierigen Passanten umringt. Die Leute sagten der Goggofahrerin: „Fahren Sie doch ihr Auto an die Seite!". „Auf gar keinen Fall," rief sie „ich lasse es so stehen, bis die Polizei kommt!" Ein Herr hatte mein Rad an den Liboriusbrunnen gelehnt, vorne am Gestänge die Lackfarbe in gelb, nicht zu übersehen. Inzwischen war ein Stau entstanden. Der Goggo blockierte die Schienen. Die Straßenbahn kam laut bimmelnd auf der Gegenseite an, und stand ebenfalls. Die Autos standen still und hupten und schimpften. Einige Männer wollten den Goggo von den Schienen wegtragen, doch das lies die Dame nicht zu. Endlich kam die Polizei und nahm den Unfall auf. Die Sache war ja von Anfang an klar, ich hatte Schuld.

Die Polizeiwache befand sich noch auf der Ferdinandstraße. Dort musste ich am nächsten Tag vorstellig werden, nachdem der Polizist vor Ort meine Personalien aufgenommen hatte. Ich musste mehrere Male zum Verkehrsunterricht und sollte vier Sozialstunden leisten. Ich sagte: „Die mache ich schon, aber freiwillig: jeden Sonntag den ganzen Tag im Vincenz -Krankenhaus." Der Polizist beriet sich kurz mit seinem Kollegen und sagte dann: „In Ordnung, aber du darfst keinen Verkehrs- unterricht schwänzen!" „Ich doch nicht!" Damit war die Sache erledigt.


Sonntags ging Vati um 11 Uhr mit Ulla und Pupa zum Hochamt im Dom. In der Zeit fuhren Bernfried und ich mit dem Dreirad auf unserem Hof immer vor und zurück, immer abwechselnd. Wir wussten wann die Messe aus war, und rechneten etwas Zeit dazu, für den Rückweg über den Ükern und eine kleine Stärkung für die Drei an der Ecke. Die Kinder bekamen eine Brause, Vati ein Bier. Wenn die Kirchgänger oben am Weg um die Ecke kamen durfte es nicht mehr nach Benzin riechen. Außerdem hatten wir schon den Hof tip top im Parkettmuster wieder gefegt, damit keine Reifenspur zu sehen war. Der Hof wurde nämlich jeden Samstag so gefegt. So lernten wir früh Auto fahren.

Mit vier Fahrstunden auf Straßen, machte ich meinen Führerschein. Das war 1961. Er kostete mit Prüfungsgebühr 120,- DM. Es war zufällig die erste Fahrprüfung, bei der die Fragen schriftlich beantwortet werden mussten. Vorher erfolgte das Abfragen nur mündlich. Ausgehändigt wurde der Führerschein noch nicht sofort, denn ich war erst 17 Jahre alt.

Als ich ihn dann hatte, fuhr ich oft viel und gerne Auto, genau 50 Jahre lang – unfallfrei.


In der landwirtschaftlichen Berufsschule war ich in unserer Klasse nicht nur die Jüngste, sondern auch das einzige Mädchen. Es gab 30 Jungen und mich, anfangs war ich sehr zurückhaltend, aber mit der Zeit fühlte ich mich wohl. Drei Lehrjahre aus dem gesamten Kreis waren in einer Berufsschulklasse zusammen mit einem Lehrer. Dieser hatte mit seinen grau -weißen Haaren, Haare wie ein Schaf. Die Lehrpersonen wurden jährlich ausgewechselt. In dem Zusammenhang hatte ich irgendwann mal in groben Zügen von Lotte, unserem Schaf erzählt. Viele Mitschüler hatten Tiere wie Hunde, Vögel, Pferde und dergleichen. Es war die Zeit der Mode von Petticoats, ganz engen Taillen mit Metallgürteln und selbstverständlich einem tollen Pferdeschwanz.

Einige angehende Gärtner boten mir eine lukrative Wette an. Wenn ich mit Lotte einmal die Westernstraße rauf und runter ging, würde ich sofort zehn Mark von ihnen bekommen. Sie wollten zusammenlegen, denn das Geld war allgemein noch knapp. Das ließ ich mir nicht zweimal sagen. Wir machten einen Termin und Treffpunkt aus. Ich machte mich am verabredeten Tag schick, um meinem blonden Pferdeschwanz ein Nickituch gebunden, das war Mode. Ich zog ein buntes Sommerkleid an. Nun musste ich erstmal bis zum Rathaus mit Lotte gehen.

Lotte war übrigens auch tip top, wir wollten ja schließlich in die Stadt. Den Tag vorher hatte ich sie gründlich abgewaschen, mit ganz viel

Kernseife, sonst wäre an der fettigen Wolle kein Unterschied zu sehen gewesen.

Heute strahlte sie also mit mir um die Wette und roch sogar gut und frisch. Es war nach Feierabend und vier Mitschüler warteten auf uns am Rathausbrunnen. Die Geschäfte hatten bereits geschlossen, aber wie immer bei schönem Wetter waren noch viele Menschen unterwegs. Schaufenster gucken war äußerst beliebt, man bummelte von einem Geschäft zum anderen. Ich wollte nicht bummeln, ich wollte zügig meine 10 Mark verdienen.

Locker, als wäre ich ganz alleine, ging ich stolz mit Lotte die Westernstraße rauf und runter. Wer auf sich was hielt, musste sowieso einmal am Tag auf dieser "Rennbahn" gewesen sein. Entweder zu Fuß, mit dem Rad, dem Auto oder der Straßenbahn, das war Kult.

Viele Passanten lachten uns belustigt zu, andere schüttelten den Kopf. Am Rathaus wieder angekommen, bekam ich meine verdienten 10 Mark und in einem Café eine Cola zum erfrischen. Es herrschte eine heitere Sommerabendstimmung – die Sonne lachte mit uns.

Während der Lehre ging ich also einmal pro Woche zur landwirtschaftlichen Berufsschule am Fürstenweg, direkt an der Pader gelegen. Gärtner und Landwirte hatten unten im Schulgebäude die Klassenräume. Im ersten Stock waren die Mädchen, welche in landwirtschaftlichen Haushalten lernten und somit Kochen, Nähen, sowie Kinderpflege und Gartenarbeit zu erlernen hatten. Das Lernen in der Schule machte mir soviel Spaß, ich ging gleich fünf Jahre hin, obwohl ich meine Pflichtschulzeit nach drei Jahren erfüllt hatte. Aber das Fachwissen fesselte mich, ich wollte immer mehr lernen. So bekam ich in den verschiedenen Fachsparten des Gärtners viel Interessantes vermittelt. Zu Hause lernte ich neben Gemüse- und Obstbau, besonders Blumen- und Zierpflanzenbau. In meiner Fremdlehre dann noch zwei Jahre den Beruf des Friedhofsgärtners. Da in unserer Klasse auch immer Baumschuler und Garten- und Landschaftsbauer unterrichtet wurden, konnte man, wenn man wollte doch sehr umfassend ausgebildet werden. Jedenfalls das Gegenteil von einseitig.

Im zweiten Lehrjahr absolvierten wir einen DEULA Maschinenlehrgang in Warendorf. Alle kleineren Bodenbearbeitungsmaschinen wurden uns erklärt und wir probierten sie aus.

Am Ende des einwöchigen Kurses, konnte ich Trecker fahren. Und auch die praktische Prüfung zur Betätigung der maschinellen Helfer, welche zu der Zeit auf dem Markt waren, ablegen. Es war eine lustige, hilfreiche Woche.

Da mein Vater ja auch mein Lehrchef war, unterschrieb er jede Woche meine Berichte zu den einzelnen Kulturarbeiten in einer Art Tagebuch. Auf den großen Seiten waren oben Tabellen um das tägliche Wetter zu notieren. Temperaturen morgens, mittags und abends, und im Winter auch die gewesenen Frostgrade. Woher und wie stark der Wind wehte und ob es geregnet hatte. Falls ja, musste man mit dem Regenmesser exakt feststellen, wie viel und auch diese Werte aufschreiben. Vati unterschrieb mit einer ordentlichen, aber markanten Unterschrift, aber eben mit links.

Wenn ich mich recht erinnere, gab es im Grunde keine Arbeit, die Vati nicht erledigte. Durch Jahrzehnte langes ausprobieren und gegebenenfalls tricksen war er, trotz der einen Hand allen Arbeiten gewachsen. Im Winter stand immer die Reparatur von Transportkisten, und das Einglasen der Frühbeetfenster an. Auf allen Frühbeetkästen lagen Fenster mit einem Rahmen aus einem bestimmten, wetterharten Holz. Die Maße eines Fensters war 1 Meter mal 1,80 Meter. Darin lagen, wiederum gehalten mit Holzsprossen, die Glasscheiben aus Gartenklarglas. Dieses Glas ist für Menschen nicht so durchsichtig, aber für die Pflanzen wachstumsfördernd. Das Licht wird durch kleine Nörpelungen gebündelt und wird sofort von den Pflanzen aufgenommen. Im Vorhaus auf der rechten Seite fand diese Reparatur statt. Die Fensterrahmen legte mein Vater vorsichtig auf zwei Holzblöcke. Dann klopfte er mit einem kleinen Hammer die Glasbruchstücke von unten heraus. Der alte Kitt wurde rausgekratzt und mit einem Handfeger säuberte er das Holz. An den Breitseiten waren je ein Griff zum tragen, wenn man zu zweit arbeiten konnte. Vati hatte hinter seinem linken Ohr einen breiten Zimmermannsbleistift, nahm mit dem Zollstock exakt Maß. Dann suchte er aus größeren Glasresten ein ähnlich großes Stück, um wenig Abfall zu haben. Nun musste nochmals nachgemessen werden, angezeichnet, alles auf einem beweglichen Arbeitstisch.

Es war Fingerspitzengefühl erforderlich und auch Geduld. Die Glasscheibe wurde dann noch mit einem Glasschneidemesser, unter einem schrecklichen Geräusch, geschnitten. Dann kittete mein Vater sie in die Holzauflagen ein, ein geübter Handgriff, und die Scheibe saß fest. Mit Vorsicht musste dann die Scheibe sanft abermals angedrückt werden, damit sie nicht erneut zersplitterte. Mit Vatis Arbeitshand aus Eisen war es besonders gefährlich. Der Kitt war schmurge zum Gebrauch, deswegen stand er neben dem Heizkessel. Auch mit kalten klammen Händen konnte so eine Arbeit nicht ausgeführt werden, mit nur einer Hand schier unmöglich, aber Vati schaffte es mit links! Mit kleinen dünnen Nägeln, welche ich ihm angab, hielt die Scheibe in ihrem Bett. Ein Loch war nun geflickt. Es gab aber viele Löcher, denn schnell fiel im Frühjahr mal ein Tontopf oder ein Luftholz ins Glas, das war's dann. Wenn ein ganzes Fenster repariert war, packte mein Bruder oder ich mit an, um das Fenster ohne Schaden auf einen mit Klötzen unterlegten Stapel zu legen. So dann das nächste Fenster und so ging es mühselig weiter. Manche Fenster sahen schon wie ein Flickenteppich aus, andere blank und schön.

Zum Winter hin wurde immer eine Kiste Glas angeliefert. Die Scheiben waren von der Größe her, halb so groß wie die Frühbeetfenster. Gut verpackt mit Holzleisten und Holzwolle gesichert. Diese Glaslänge zu balancieren, von der Kiste bis in das zu bearbeitende Fenster war keine Kleinigkeit. Arbeitshandschuhe gab es nicht. Mein Vater trug immer das Glas , überhaupt alles was  etwas schwerer war, abgestützt an Brust oder Bauch. Flink machten wir Kinder die Tür auf und zu für Vati, und natürlich schnell wegen der Heizung.

Im Vorhaus war immer was los. Die Kunden kamen und gingen. Alle Arbeiten wurden hier erledigt. Der Raum war lang und geräumig. Es gab die zwei größeren Fenster. In der Mitte des Raumes stand der große Heizkessel, von diesem gingen dicke Heizungsrohre in die Treibhäuser auf der Westseite des Vorhauses. Die Außentür zum Hof, war nicht nur die Tür für die Kunden, sondern auch für das Hereintragen von Erden, Materialien aller Art, den Schnittblumen, Schubkarren mit Koks und Holz. Auf der schmalen Seite vom Vorhaus ging steil die Treppe runter zum Bunker. Daneben befand sich die Tür zum Büro.

Im Büro stand das Bett von meinem Vater, daß er dort schlief hatte zwei Gründe. Zum einen war das Schlafzimmer im Behelfsheim voll belegt und zweitens musste ja im Winter der Kessel, wenn es sehr kalt, war alle zwei Stunden mit Koks befüllt werden. Er durfte nicht ausgehen, denn sonst wären die Gewächshäuser schnell ausgekühlt. Den Kessel neu anzuheizen bedeutete viel Zeit und natürlich wäre es ärgerlich für die Pflanzen. Das kleinere Treibhaus, war die Vermehrung, hier war es immer am wärmsten. Dort war ja auch das Plätzchen für meinen alten Opa und allen heranwachsenden Kinder nach und nach.

Vorne am ersten Tritt zu den Gewächshäusern hatte Vati als der Beton noch frisch war, alle Kinderfüßchen nach und nach verewigt. Es waren sehr schöne Fußabdrücke. Die Kunden fanden es toll. Heute würde man die Wohn- und Arbeitsweise eine Erlebnisgärtnerei nennen, damals war es Armut und Behelf. Aber wir Kinder vermissten nichts. Wir halfen alle, jeder so gut wie er konnte, und selbstverständlich. Auch Arbeiten wie Schnee fegen auf dem Hof. Sollte es ganz doll schneien, fegten wir auch sehr vorsichtig, den langen Weg zur Straße. Vorsichtig, damit die kleingehackte Schlacke in der Wagenspur liegen blieb.

Im Frühjahr wurde der Weg überarbeitet damit er gleichmäßig fest war. Unsere Kunden hatten ja einen langen Weg zurückgelegt, bis sie Blumen kaufen konnten, da sollte der Weg immer tip top sein.

Als ich größer war, so dritte, vierte Schuljahr, hatte ich die Erlaubnis im Büro meine Schulaufgaben zu machen und nebenbei ans Telefon zu gehen. Es klappte nach holprigen Anfängen ganz gut. Am Schreibtisch saß ich gerne, alles auf ihm hatte auch hier seinen festen Platz. Bleistifte, Füller, Löschpapier, Briefständer, Brieföffner, Stempel mit Stempelkissen, Locher, eine Ablage sowie Quittungs- und Rechnungsblöcke. Im Büro stand noch ein schmaler Aktenschrank und ein Spind für Vatis Bekleidung. Der Stuhl am Schreibtisch war die einzige Sitzgelegenheit. Es gab noch eine kleine Heizung auf der Seite des Bettes.

Jeder Auftrag, auch per Telefon war willkommen, er bedeutete ja Geld. Geld war ja nach dem Wiederaufbau der Gärtnerei knapp. Wir waren viele Esser und hatten nur ein Einkommen.

Während der gesamten Schulzeit fuhren wir nach Rinkerode im Münsterland, mit Wonne die ganze Ferienzeit lang, es konnte gar nicht lang genug dauern. Vati sagte immer: „Die Kinder sind wieder auf der Fettweide". Da Christel und ich uns in der alten Heimat gut auskannten, war es jedes mal wie ein nach Hause kommen. Meine Familie mit Tante Toni und Onkel Bernhard und allen Töchtern und Söhnen freuten sich stets über den Besuch der Ferienkinder. Onkel Bernhard wog mich zum Spaß auf der Waage, wo sonst Zementsäcke, Sandsäcke oder Kornsäcke gewogen wurden. Ich stellte mich auf die Ladefläche und mein Onkel stellte das Gewicht ein, schmunzelte, trug das Ergebnis ins Notizbuch ein. Wenn ich abreiste machten wir das Gleiche.

In einem Sommer wollte ich Fahrradfahren lernen. Zu Hause hatten wir noch keines. Die Familie besaß ein großes Bauunternehmen als Familienbetrieb. Lehrlinge wohnten mit in dem großen Wohnhaus. Um zu den Baustellen zu kommen nahm man ein Rad, wenn der LKW mit Baumaterialien vollbeladen war. Also standen viele Fahrräder den ganzen Tag auch unbenutzt rum, sie lehnten am Lagerschuppen. Ich fragte eine meiner Cousinen: „Darf ich mir wohl ein Fahrrad da wegnehmen?" „Kannst du denn schon fahren?" „Nein ich will es nur mal schieben." „Nimm dir eins!" Ich hatte gesehen, wie andere kleinere Kinder mit Herren-fahrrädern fuhren, indem sie ein Bein unter die Stange auf die Pedale setzten, und dann fahren konnten. Das andere Bein schnell auf die hochstehende Pedale und kräftig getreten. Aber die Balance in dieser Stellung zu halten war sehr schwer. Kein Nachmittag verging ohne Schrammen und blauen Flecken. Nach Feierabend hielt ein Bauarbeiter mich zum üben am Sattel fest, aber ich fiel trotzdem hin. Mit einem Herrenfahrrad bekam ich einfach kein Gleichgewicht. Die Maurer riefen: „Üben, üben, üben!" Ich stieg immer wieder auf, langsam ging es auch besser.

An der Seite zur Straße war am Haus eine große Steinkante, dort saßen oder standen die Arbeiter, lässig rauchend an der Hauswand. An solchen Abenden wurde viel Blödsinn erzählt. Die großen Jungs hatten Spaß das kleine Mädchen aus der Stadt zu verulken. Oft wurde das Ende der Welt diskutiert. Nicht zeitlich gesehen, sondern räumlich. Ich fragte zeigend in die Ferne: „Wie geht es da weiter?" „Da geht es immer weiter geradeaus, immer weiter!"

„Und was kommt dann?" „Es geht noch immer weiter, dann links und noch viel weiter!" „Und wenn es nicht mehr weiter geht?" „Danach geht es noch weiter, immer weiter, und dann rechts ganz weit!" Nach weiteren ermüdenden Fragen meinerseits, kam irgendwann die Antwort: „Und danach kommt das Ende der Welt!" „Und wie sieht das aus?" „Ja, wie wohl, das ist mit Brettern zugenagelt!" Ich stellte mir das bildlich vor, den ganzen Abend im Bett dachte ich noch darüber nach, ich war vielleicht sieben oder acht Jahre und wusste noch nicht das die Welt eine Kugel war.

Meine zirkusreife Nummer mit dem interessanten Fahrstil, klappte täglich besser. Weil die Straße zum hinfallen so sehr hart war, hatte ich eine Idee, das Fahrradfahren mal auf dem Feld gegenüber meiner Ferienfamilie zu probieren. Tagsüber wenn alle zur Arbeit auf dem Bau waren, und keiner zugucken konnte, wagte ich es. Das Feld gegenüber war bereits frisch abgeerntet, es standen nur noch die Stoppeln in schönen geraden Reihen da. Ich dachte da wackelt das Rad nicht so, und wenn ich falle, wäre es weicher. Das klappte natürlich überhaupt nicht, jetzt hatte ich auch noch Wunden im Gesicht!

Die Räder interessierten mich erst mal überhaupt nicht mehr. Aber zu Hause in Paderborn wollte ich doch gerne weiter Fahrradfahren und irgendwie hat Vati zwei alte Damenräder für Christel und mich besorgt. Da ging das Radeln schon sehr gut, zwar im stehen, aber ich kam schon mit dem Po an den Sattel. Später freute ich mich riesig als ich schon auf dem Sattel sitzen konnte und mit einer der hochstehenden Pedale treten konnte und Schwung bekam.

Mit elf Jahren bekam ich ein nagelneues blau - silbernes Rad, ein BERGSIEGER, das sollte mein Begleiter für viele Jahre werden. Einmal in der Woche putzte ich es liebevoll, damit die Farben strahlten.


Ostern 1949 unternahm unsere ganze Familie einen Ausflug, Ziel waren die Fischteiche. Unser Dreirad stand schon sauber und getankt auf dem Hof vorne. Es war blau-grau und hatte auf der Pritsche ein Verdeck mit Spriegel und Plane. Diese Nuckelpinne beförderte ja hauptsächlich Blumen, aber heute mal Menschen. Hinten auf die Pritsche stellten wir unseren kleinen Spieltisch mit Puppengeschirr aus Porzellan mit kleinen Teller, Tassen und Kannen. Dann nahmen wir natürlich die Puppen und mein Bruder seinen Teddy mit. Wir drei großen Kinder Christel, Bernfried und ich krabbelten auf das Auto. Die Ladefläche hatte rechts und links schmale lang durchgehende Kanten, das waren unsere Sitzbänke. Es sollte ein herrlicher Nachmittag werden. Vorne saß mein Vater am Steuer, dann Ulla und Mutti. Damals war meine Mutter im siebten Monat schwanger mit Magdalene, genannt Pupa. Nur Opa blieb zu Hause und das Hausmädchen hatte über Ostern frei bekommen.

Die Fahrt ging los. Die Stimmung hinten auf der Pritsche war fröhlich und erwartungsvoll. Wir fuhren rechts, links, rechts und nochmals rechts, und waren nun auf dem Fürstenweg, es war nicht mehr weit bis zum Ziel.

Wir sahen nur hinten raus, denn über uns war die Plane. Gerade kamen wir an einer besonders schön geschnittenen Hecke vorbeigefahren. Da wussten wir, wo wir waren. Die Hecke war stets ein echter Hingucker, sie war ziemlich lang und jemand hatte sie mit viel Mühe und Geduld geschnitten und in große Märchen- und Tierfiguren wachsen lassen.

Auf einmal ein Rums und unser Dreiradauto hatte Schlagseite. Ich saß am nächsten an dem kleinen Fensterchen. Ich sah wie uns unser eigenes Rad überholte, dann rollte es vor uns her, wurde langsamer und rollte in den Graben an der gegenüberliegenden Straßenseite.

Das Tischchen mit dem Porzellan Geschirr war umgefallen und alles war klirrend zerbrochen. Die Achse kratzte über den Asphalt und schrammte ihn auf. Als wir zum stehen gekommen waren, stiegen Vati und Mutti mühsam mit Ulla aus dem Wagen. Auf der einen Seite musste man krabbeln, auf der anderen Seite springen. Wir drei hinten auf dem Auto brauchten bloß runter klettern. Es war Gott sei Dank keinem unserer Familie etwas passiert. Die Frage war, was nun?

Auf der rechten Straßenseite, wo wir standen, ging ein Fußweg entlang des Waldes vor der Heidewaldschule her. Feiertagsbetrieb, die Paderborner strömten, größtenteils zu Fuß, zu den Fischteichen zum Kahn fahren. Das war ja auch unser Osterausflugsziel gewesen, aber nur ein Ziel, denn jetzt war Schluss damit. Die Spaziergänger guckten uns neugierig an. Übrigens geholfen hat keiner, noch nicht einmal gefragt, alle waren fein gekleidet und gingen belustigt weiter. Auf Anordnung von unserem Vater, setzten wir uns mit Mutti, auf der anderen Straßenseite an den Graben zum Wald hin. Vati musste nach Hause das Rad reparieren. Ich sehe ihn noch in einem hellgrauen Anzug, das Rad vom Dreirad Richtung zu Hause rollen. So wie Kinder einen Tonnereifen rollen. Seine Sonntagshand war ihm natürlich keine Hilfe, also mal wieder alles mit links.

Wir Kinder sahen zu den Fußgängern lächelnd rüber. Mutti flüsterte: „Was sollen die Leute denken?" Das schöne Wetter war nun unsere Freude und das Auto stand ja auf geraden Strecke, also konnte es rechtzeitig von anderen Verkehrsteilnehmern gesehen werden. Warndreiecke gab es noch nicht. Wenn man wartet geht die Zeit bekanntlich langsamer vorbei. Wir hatten auf unserem Sitzplatz den Kuchen gegessen und Brause getrunken, Picknick im Graben hatten wir vorher auch noch nicht gemacht. Nach langer Zeit kam Vati mit dem reparierten Rad zurück. Über der Schulter hatte er seine Arbeitsjoppe, Schrauben in der Hosentasche und er hatte die Hand gewechselt. Jetzt trug er die Arbeitshand, sonst hätte er auch nicht am Schraubstock die Reparatur vornehmen können. Das Autowerkzeug lag beim Dreirad, unter der Sitzbank, sonst war kein Platz dafür. Das Anbringen des Rades ging ziemlich schnell, da Vati handwerklich sehr geschickt war und erfinderisch. Mutti reichte ihm zum Schluss einen Lappen, damit er die mit Öl und Dreck verschmierte Hand abputzen konnte. Wagenheber und Werkzeuge wurden weggepackt, Vati aß ein Stück Kuchen und steckte sich dann ein Zigarillo an. Jetzt wieder alle ins Auto und aufs Auto, und die Fahrt ging zügig nach Hause zurück.

Wir waren nicht angekommen an unserem Wunschziel, aber langweilig war der Osternachmittag auch wirklich nicht. Vati war der Held des Tages, wir waren damals alle noch zu klein zum helfen. Opa freute sich, seine Familie war wieder da.


Mein Vater war am Bischofsteich in unserem Gärtnerhaus 1900 geboren. Er war der jüngste von sieben Kindern. Mein Großvater gebürtig aus Sommersell, an der Weser, war der Arbeit wegen nach Paderborn gezogen. Er gründete 1888 die Gärtnerei in der wir lebten.

Mein Vater wollte Schlosser werden und begann am 1. April 1914 die Lehre auf dem Ükern. An dem Tag bekam er den Auftrag, ein wichtiges Teil aus der Eisenwarenhandlung zu holen: „Und nimm die große Karre mit, der Transport könnte schwer werden!" Der junge Lehrling Anton Drewes ging zielstrebig zum Kamp und verlangte wie ihm aufgetragen: „Eine hölzerne Messingschraube ohne Gewinde!" Das Staunen in der Firma war groß, und nach mehreren angeblichen Suchen, kam die Erklärung: „April, April!".

Als ich noch klein war, verstand ich die Sache nicht so ganz, aber mit zunehmenden Verstand war alles klar. Die Episode war für mich in späteren Jahren oft ein beflügeltes Wort, wenn nichts mehr ging bei schwierigen Situationen im handwerklichen Bereich, dann konnte uns nur noch die hölzerne Messingschraube ohne Gewinde helfen, dabei dachte ich an Vati und musste schmunzeln.

1917 im letzten Kriegsjahr wurden für meinen Vater maßgeblich die Weichen gestellt für sein ganzes Leben. Ein Nachbarsjunge, auch ein

Gärtnersohn, aber vom Rolandsweg war auf Heimaturlaub, er war schon ein Soldat.

Er zeigte meinem interessierten Vater stolz die mitgebrachten Handgranaten. Erst wurde nur geredet, dann auf der Straße sollten sie auch ausprobiert werden. Der junge Soldat erklärte meinem Vater, wann er die Granate wegwerfen musste und gab sie ihm in die Hand. Jedoch ging das schreckliche Teil früher los als gedacht und das Schicksal für zwei Jungen stand unumstößlich fest.

Die Explosion riss meinem Vater den Unterarm mitsamt der Hand in Stücke. Später sagte mein Vater mir, der kleine Finger der rechten Hand hätte noch an einer Sehne gehangen und gebaumelt. Im Standortlazarett auf der Neuhäuserstraße sägte man ihm bei vollem Bewusstsein, nur mit einem Knebel im Mund, den Arm unterhalb des Armgelenks ab. Was müssen das für unbeschreibliche Schmerzen gewesen sein. Aber es war Krieg, ein Zivilist musste hinter den Soldaten zurückstehen. Blutüberströmt hatte vorher mein Vater noch zu dem jungen Soldaten gesagt: „Du musst auch zum Lazarett!" Dieser entgegnete, er ginge erstmal nach Hause. Am nächsten Tag wollte er morgens zum Arzt. Das konnte er nicht mehr, er ist zu Hause unter dem Küchenfenster zusammen gebrochen und war sofort tot. Ein Splitter hatte ihn getroffen, von außen konnte man nichts sehen, aber innerlich war der Nachbarsjunge verblutet.

Damit war der Schlosserberuf zu Ende und Vergangenheit. Das war der Grund warum mein Vater Gärtner lernte. Es war natürlich sehr mühselig und von da an war nun alles nur noch schwer und mühselig. Ein großer Schicksalsschlag für zwei Gärtnerfamilien.

Ein Bruder meines Vaters, ein Jahr älter als er, hatte bereits Gärtner gelernt, sich dann aber am Inselbadstadion selbstständig gemacht, direkt am Paderufer. Mein Vater war jetzt zu Hause für seine alten Eltern verantwortlich. Eine Rente bekam er nicht, woher auch.

Erklären sollte ich noch die verschiedenen Handprothesen meines Vaters.

Die Sonntagshand hatte starre feste Finger, nur der Daumen hatte ein Gelenk, der konnte eine andere Position einnehmen, um zum Beispiel etwas Leichtes locker festzuhalten. Diese Hand war überzogen mit einem dunklen Lederhandschuh. Im Winter hatte er den linken Lederhandschuh in der rechten Hand. Anziehen konnte er den Handschuh ja nicht alleine und als feiner Mann trug man das in der Zeit so.

Die Hand war fest mit einem künstlichen Unterarm verbunden. Die Prothese wurde auf Vatis abgeschnittenen Armstumpen gesteckt und ganz fest geschnürt, mit Lederriemen nach einem ganz bestimmten Prinzip. Das Leder durfte nicht einschneiden, aber es musste fest und sicher sein.

Vati kam beim Schalten während des Autofahrens damit zu recht, der Gang sollte aber immer sofort sitzen, sonst wurde es schwierig. Oft mussten mein Bruder oder ich beim Gang einlegen helfen, wenn es nicht auf Anhieb klappte.

Nun zur Arbeitshand, diese hatte eine ähnliche Befestigung wie die Sonntagshand. Jedoch anstatt einer nachgeahmten Hand, einen festen geschmiedeten, geschlossenen Eisenring. Die Größe war so bemessen, das ein Schüppensiel locker darin bewegt werden konnte. Wollte Vati etwas festhalten, drückte er den Eisenring auf das zu haltende Material. An der Kreissäge sah alles noch gefährlicher aus, wenn die gute, linke Hand haarscharf an dem Sägeblatt vorbeiführte. Beim Autofahren passte der Ring gut über den Schaltknüppel, somit hatte er mehr Kraft um die Schaltung zu betätigen.

Gelenkt wurde nur mit links. Wenn der Blinker per Schalter am Armaturenbrett gesetzt werden musste, hielt er den Eisenring fest auf das Steuer, griff dann mit links rüber zum Schalter nach rechts. Der Lichtschalter war links und konnte gut betätigt werde. Klemmte der Blinker halfen Bernfried oder ich nach. Mein Vater hatte gerne, wenn einer von uns beiden mitfuhr, je nachdem wer gerade Zeit hatte. So war auch jemand da, der beim Abladen helfen konnte, denn es waren grundsätzlich nur reine Zweckfahrten für den Betrieb. Der Ausflug war eine seltene Ausnahme. Jedenfalls irgendwen unserer Familie nach irgendwo bringen war undenkbar unter normalen Umständen, so etwas wurde nicht gemacht. Wenn man irgendwo hin wollte oder musste, nahm man das Fahrrad oder ging zu Fuß.

In den Jahren 1956, 1957 und 1958 hatte ich mit meinem Chef, also Vati abgemacht, daß wenn alle Arbeiten in der Gärtnerei zu Pfingsten erledigt waren, Bernfried und ich morgens nach Gelmer im Münsterland fahren konnten. Pfingstmontag sollten wir dann wieder zurück sein. Obwohl in der Zeit Saison für alle Sommerblumen war, sagte Vati sofort zu. Wir fuhren ja zu Verwandten, somit war die Sicherheit gewährleistet. Wir fuhren mit unseren Rädern und waren ja zu zweit.

Wir packten nur wenig ein, hauptsächlich Proviant für die Hinfahrt. Punkt sechs Uhr in der Frühe radelten wir zügig los. Es ging auf der B64 frohgelaunt erstmal bis Delbrück. Dort hielten wir an das erste mal kurz, ich hatte zu tun. Ruck zuck den Rock ausgezogen, eine kurze Hose hatte ich schon darunter. Meine Mutter hätte mich niemals mit Hose, lang oder kurz, fahren lassen. Ich wollte an den Beinen auch schön braun werden. Da ich immer draußen arbeitete, war ich im Gesicht und an den Armen schon braun. Der Rock kam ins Körbchen, ein Teenagerkörbchen, es war damals der letzte Schrei!

Der nächste Halt war bei Wiedenbrück und dann noch einmal kurz vor Münster. Die Pausen waren zum Butterbrote essen und trinken. Tacho oder Gangschaltung gab es nicht. Die rund 100 Kilometer schafften wir stets in genau 6 Stunden. Um Punkt 12 Uhr waren wir am Ziel. Radwege suchten wir nicht, wir fuhren einfach immer an der Bundesstraße entlang. Nach strammer Fahrt und viel Muskelkraft, erreichten wir hinter Münster die Rieselfelder und den Ort Gelmer. Die Freude war jedes mal riesengroß.

Bernfried was als kleiner Junge ja dort drei lange Jahre gewesen, als wir vorübergehend kein Zuhause hatten. Wir wurden gut versorgt, es fehlte uns an nichts. Es war ein großer Bauernhof und deswegen für uns immer interessant. Jeden Sommer gab es Neuigkeiten, mal ein neues junges Pferd, mal einen neu gebauten Schweinestall, einen neuen Trecker, neue Maschinen, langweilig war es nie. Mit den andern Jugendlichen aus dem Ort trafen wir uns Samstag- und Sonntagabend. Zum Schwimmen ging es am Nachmittag in den Dortmund-Emskanal. Das war ein Vergnügen.

Ein anderes Mal, lieh uns der Bauer seinen Mercedes um durch die Rieselfelder zu fahren und andere Bauern auf den Höfen zu besuchen. Mit Bernfried am Steuer, und mir als Beifahrerin fuhren wir durch die Sonne, lässig wie zwei Angeber oder besser gesagt Halbstarke. Ellenbogen in das offene, runter gekurbelte Autofenster gelegt, ohne Bedenken, ohne Sorgen.

Wir fuhren langsam, da kam uns ein Polizist

auf einem Motorrad entgegen. Er bemerkte uns und folgte uns neugierig. Jetzt hieß es, kühlen Kopf bewahren. Es war keinerlei Verkehr, wir grüßten freundlich und fuhren gleichmäßig weiter. Nach einiger Zeit überholte er uns mit einem Kopfnicken und fuhr nun vor uns her. Wir fuhren langsam rechts ran und hielten an. Machten dann am Straßenrand eine längere Pause. Bernfried war erst 14 Jahre.

Später kamen wir erleichtert auf unserem Ferienhof an – noch einmal gut gegangen. Wir sagten zu Ludger: „Wir hatten sogar polizeilichen Geleitschutz!" Ludger musste schmunzelte und sagte nur: „Das ist nicht schlimm.".

Beim letzten Pfingstausflug ist für mich einmal nicht alles gut gegangen. Wie immer, wenn ich mit meinem Bruder in Gelmer war, schlief ich in einem Schlafzimmer zu ebener Erde. Die Kammer war gemütlich, aber wenn keine Sonne hineinschien, war sie in sich dunkel, durch die massive Holzvertäfelungen. Pfingstsonntag war meine Cousine Karola mit Tante Toni zur Frühmesse gefahren. Ich stand früh auf um zur Toilette zu gehen. Die Kammer hatte drei schmale Stufen, die Tür ging zum großen Raum mit dem Herdfeuer auf.

Diese Stufen ging ich barfuß hinab. Ein Schritt und meine Füße spürten etwas großes mit Fell und es war warm. Ein wilder Schrecken durchfuhr mich! Es durchzuckte mich mit Ekel und totaler Angst. Ich lief mit dem weißen von Karola geliehenen Nachthemd durch die Tenne nach draußen über den Hof schreiend mit wehenden Haaren. Ich rannte weiter zum Schweinestall, dort war mein Cousin Ludger und fütterte die Schweine. Er wusste ja, daß ich kam. Er hatte mir das angetan. Eine frisch geschossene fette Ratte, noch warm, auf die schmale Stufe gelegt, ich musste unweigerlich darauf treten und das im Halbdunkel.

Ich schrie weiterhin aus Leibeskräften, er lachte und drehte das Radio und die Häckselmaschine einfach noch lauter. Ich war fix und alle und bedient. Die Messe war nun aus und die Kirchgänger fuhren und gingen an dem offen zur Straße liegenden Gehöft vorbei. Da stand ich im Nachthemd und schrie und weinte.

Dies Erlebnis hat mich für mein ganzes Leben negativ geprägt. Ich leide regelrecht bei den Gedanken an Ratten oder Mäusen. Dieses Ungeziefer gab es vorher ja auch schon, aber es hat mich nicht gestört. Bis heute sage ich, wenn mich jemand umbringen will, dann geht es damit ganz einfach. Danach bin ich nie mehr nach Gelmer gefahren, an sich sehr schade!

Brigitta unser Hausmädchen, die gute Seele, war ein Flüchtling aus Ostpreußen. Sie kam 1947 zu uns und blieb acht Jahre. Sie war noch sehr jung und hatte in den Kriegs- und Nachkriegsjahren keine Schule besuchen können. Mutti lernte ihr geduldig das Schreiben und Rechnen, den ganzen Haushalt mit Kochen, Kinderpflege und Gartenarbeit. Brigitta war mit ihrer jüngeren Schwester und einer Tante, größtenteils zu Fuß von Jauer in der Nähe von Breslau geflüchtet, ohne jede Habseligkeit. Die drei schlossen sich dem großen Treck Richtung Westen an. Einzelheiten konnte sie darüber nie erzählen, es war ein großes Trauma.

In Friedland angekommen wurden die ausgehungerten Flüchtlinge erst mal etwas aufgepäppelt und nach und nach auf ver- schiedene Städte aufgeteilt. Eine Bekannte von Frau T. war Kinderfrau bei einer großen Kaufmannsfamilie K. in Paderborn. Sie fädelte das Arbeitsverhältnis ein. Es wurde eine lebenslange herzliche Freundschaft.

Brigitta erzählte manchmal ein wenig von der schlimmsten Zeit zu Hause in Jauer. Der Vater war selbstständig, im Winter Metzger und im Sommer Maurer. Auf dem Land gab es diese Kombination oft. Bei einem Arbeitsunfall stürzte er durch eine Bodenluke ab und war sofort tot. Die Mutter starb ein Jahr später. Die zwei Brüder wurden eingezogen. Unsere Brigitta und ihre Schwester waren jahrelang allein zu Hause. Die Beiden versteckten sich immer. Bemalten sich schmierig mit Ruß und Staub. Lumpig angezogen, aus Angst vor Besatzern und Plünderern. Die nahen Russen flößten die meiste Angst vor Vergewaltigungen bis zum Mord bei Widerstand ein. Die jungen Mädchen wollten unansehnlich erscheinen zu ihrem eigenen Schutz.

Beim kleinsten Geräusch von nahenden Menschen versteckten sie sich. Sie hatten hinter einem großen Schrank einen Spalt geschaffen. Die Wände waren schwarz gestrichen und zwischen Wand und Schrank waren keine 30 cm. Mit schwarz verschmierten Gesichtern und dunkele Lumpen an, waren sie gut getarnt. Ein paar Mal waren die Soldaten bis ins Haus gekommen, hatten das Versteck aber Gott sei

Dank nicht entdeckt. Welche Ängste und Nöte mussten Brigitta und ihre Schwester ausgestanden haben? Von der ganzen Familie verlassen, von aller Welt verlassen. Sie beteten leise und hatten Gottvertrauen. Die Mutter Gottes war in allen Gebeten der Mittelpunkt.

Nachts backten sie ihr Brot, bestellten den Garten und ernteten das Gemüse auch nur im Schein des Mondes. So war Brigitta bei uns von größter Sparsamkeit geprägt. Sie war zu uns Kindern lieb und freundlich, wurde aber böse wenn jemand den Teller nicht leer aß. Sie ließ nichts verkommen. Ich sehe sie noch oft vor mir, wie sie das große Holzbrett für Brot, trocken mit Hand und einem Lappen abwischte, die Restkrümel in die Hand fegte und diese schwupp in ihrem Mund verschwanden.

Gegenüber meinen Eltern war sie stets loyal, dankbar und hilfsbereit. Meine Eltern kauften ihr Kleidung, immer adrett und sauber, machte sie alle aufgetragenen Arbeiten. Auf die Uhr sah keiner, die anstehenden Arbeiten diktierten die Zeit. Für uns große Kinder war sie wie eine Schwester und für die kleinen Ulla und Pupa wie eine zweite Mutter. Als die beiden etwas größer waren, reagierten sie empört, das Brigitta nicht ihre Mutter war.

So richtig lachend und fröhlich habe ich sie nie gesehen, eher bedrückt, abwartend und traurig. Der Krieg hatte ihr die Jugend und Freude genommen.

Hinter der Außentür zum Hühnerhof musste mein Vater manchmal Ratten schießen. Aber wir Kinder bekamen davon nichts mit, wir hörten nur den Knall – das wars. Die Eier aus den Hühnernestern holten wir jeden Tag mit Freude. Wenn Hühner geschlachtet wurden, erledigte das Brigitta. Wir Kinder guckten später immer nach wie viel Blut in den Hauklotz gelaufen war und wie viel noch am Beil klebte. Vati hätte mit links diese Arbeit nicht machen können, trotz aller Raffinesse. Das Rupfen übernahm meistens Mutti, es machte ihr kein anderer gut genug. Vati und Opa blieb die Vorfreude auf schönes Essen.

Gekühlt wurde alles nur im Tiefkeller. Das hieß natürlich, alles Verderbliche wurde immer über den ziemlich großen Hof hin und her getragen. Sonntags gab es Sahne zum Dessert oder zum Kuchen am Nachmittag. Also ging ich mit Rührschüssel, Schneebesen und Sahne meinen Weg bis in den kalten Keller. Vati hatte einige Bretter als Regale gezimmert, so stellte ich dort für meine Arbeitshöhe die Schüssel ab. Vanillezucker und Zucker hatte ich im Tütchen in der Schürzentasche. Meinen ganzen Ehrgeiz setzte ich ein, damit die Sahne steif, aber keine Butter wurde.

Übrigens Schürzen, immer passend zum Kleid, trugen wir täglich, sogar in den ersten Schuljahren zur Schule. Es gab also Schul-schürzen, Sonntagsschürzen in weiß und normale Schürzen für Alltags Arbeit. Wenn meine Mutter zum Beispiel im Wochenbett lag, dann bestickte sie die Schulschürzen oben am Latz und unten am Saum. Meist war es ein Leinenstoff mit Kreuzstich in drei Farben, diese ergaben eine Kante, welche kein anderes Mädchen in der Schule hatte und so waren wir schick und stolz. Alle Schürzen hatten Biesen, so konnten sie mitwachsen. Sonntags bekamen wir eine große, weiße Schleife ins Haar, sonst eine passend zur Kleidung.

Als wir größer wurden, banden wir uns die Schürzen ab, um Einkaufen zu gehen. Die Schleife auf der Haartolle blieb, wir nannten sie Propeller. Wir bedachten mit unseren Einkäufen vier Bäckereien, einen Metzger, sowie vier Lebensmittelläden. Überall begrüßte man uns freundlich auf den Straßen und in den Läden. Wir waren höflich, dankbar und drängelten uns nie vor. Für Schulsachen, wie Stifte und Hefte gab es auch ein Geschäft, nahe der Domschule, auf der Mühlenstraße.

Mein absolut liebster Kolonialwaren Laden befand sich an der Ecke Tegelweg, Hillebrandstraße. Zwei flache, tiefe, abgerundete Stufen gingen zur wunderbaren, doppelflügeligen Ladentür aus Eichenholz mit verzierten Eisengittern vor den Fenster-scheiben. Das Haus war im ganzen sehr hochherrschaftlich, es steht heute noch. Ging die Tür auf, schlug dem Eintretenden eine Geruchsexplosion entgegen. Es roch nach Kaffee, Käse, Schinken, Gurken, eingelegten Heringen und dergleichen. Die dicken Holzfässer mit Fisch, Gurken oder Sauerkraut standen offen zum Verkauf. Der Käufer stellte sich an die sehr lange Theke, da gab es Lebensmittel in tiefen, großen Holzschubladen. Alles wurde auf den großen Waagen abgewogen, in Tüten abgepackt und auf einem schmalen Zettelblock mit samt den Preisen aufgelistet. Ausgerechnet wurde der Einzelpreis schnell mit dem Kopf. Es wurde viel Personal benötigt. Auf dem Tresen standen verlockend die üppigen Bonbongläser. Wir durften nie Bonbons kaufen und freuten uns über ein geschenktes.

An der kürzeren Theke gab es Milch, Wurst, Fleisch und Käse. Essig und Öl wurde wie Milch in mitgebrachte Flaschen getrichtert. Hinter den Schaufenstern fand man Waschmittel, Stärke, Seife, Soda, Scheuerpulver und Aufnehmer. Besen, Schrubber, Ersatzteile, Teppichklopfer, Handfeger standen seitlich, auf dem Weg zum Büro. Hier stand auch Schuhcreme in Dosen, weiß, schwarz und braun. Bohnerwachs und Möbelpolitur gab es bei allen Bürstenarten und -größen. Das Angebot war umfassend, es blieb kein Wunsch offen.

Oft wurden Christel und ich von Familien auf dem Ükern eingeladen auf Hochzeiten Engelchen zu sein. Wir machten es gerne und es war doch eine schöne Abwechslung. Bei großen Hochzeiten trugen wir die Kerze und streuten die Blumen. Wir hatten immer passende lange weiße Kleider, weiße Strümpfe, schwarze Lackschuhe und weiße Kränzchen auf dem Kopf. Schleifengemückte Körbchen mit Streublumen brachten wir mit. So hatten wir auch einen tollen Festtag, während andere einen normalen Arbeitstag hatten.

So vergingen die Tage und Jahre. Es kam die Zeit, in meiner Klasse strebte man das Gymnasium an. Da ich sehr gern zur Schule ging, mit Eifer lernte, stets die besten Aufsätze schrieb und gute Noten hatte, meinte meine Lehrerin, ich solle auf jeden Fall zur höheren Schule gehen. Die Klassenlehrerin setzte sich für mich bei meinem Vater ein: „Ria muß unbedingt zum Gymnasium, wenn nicht, wäre es jammerschade." Mir war es egal, aber an sich wollte ich Gärtnerin bei uns im Betrieb lernen, und dann auf Wanderschaft gehen. Mein Vater sagte jedes mal: „Absolut nein, daß gibt es nicht. Ich will alle Kinder gleich behandeln und wir haben doch fünf. Wo soll das hinführen und wer soll das bezahlen? Es bleibt beim NEIN!"


Im Behelfsheim in der Küche war ein Fenster. Dies Fenster war genau in der Verlängerung zu unserem Weg. Sobald es dämmerte und Licht gemacht wurde, zog man die blickdichten Vorhänge zu. Durch keine Ritze fiel noch ein

Strahl nach draußen. Das waren sicher Überlieferungen aus den Kriegsjahren, alles musste dunkel sein, die feindlichen Flugzeugpiloten sollten annehmen, da unten wäre noch keine Stadt oder diese wäre bereits überflogen.

Eines Abends klopfte es laut an diese dünne Fensterscheibe. „Aufmachen, es geht um Leben und Tod!" schrie eine Stimme von draußen. Wir hatten Angst, die Frauen und wir Kinder dachten, das letzte Stündlein sei für uns nun gekommen. Man erzählte sich oft von Raubzügen und Überfällen. Das flache Sofa stand vor dem Fenster, wo wir Kinder alle saßen. Vati gab uns ein Zeichen, wir gingen leise vom Fenster weg, was nicht einfach war, denn der große Esstisch stand aus Platzgründen direkt an dem Sofa. Wir versteckten uns im Vorrat. Draußen wurde weiter geklopft. Im Vorrat standen Lebensmittel, Eingemachtes, Brot, Plätzchendosen, Bügeleisen, Besen und Schrubber. Wir durften nirgendwo dran stoßen, das Licht war ausgeschaltet. Die Dunkelheit überall steigerte noch die Angst. Es gab keinerlei Hilfe. Die direkten Nachbarn hätten uns nicht gehört und die anderen Wohnhäuser waren sowieso viel zu weit weg. Das Telefon stand unerreichbar im Büro.

Da Vati niemanden sehen konnte, schloss er die Haustür auf, und ging unerschrocken in Richtung des Fremden. Dieser saß inzwischen auf dem Boden und rief weiterhin wirres Zeug. Vati merkte rasch, das es sich nur um eine einzelne Person handelte und diese schien zu viel getrunken zu haben. Als mein Vater dann den Mann erkannte, half er ihm hoch und lehnte ihn an die Hauswand. Schnell ging Vati ins Haus zurück, legte das geschnappte Eisenstück wieder zurück auf die Garderobe. Unsere kleine Gruppe hatte sich vorgepirscht, Brigitta die Teigrolle und Mutti den Schürhaken hinter ihren Rücken. Wir kleinen hatten uns fest, ganz fest, an den Händen. Mein Vater sagte zu uns: „Ihr braucht keine Angst mehr haben, ich weiß wer es ist! Er ist betrunken, ich bringe ihn eben nach Hause, er schafft es alleine nicht mehr." Wir waren alle froh und erleichtert. Vati stützte den Nachbarn und brachte ihn nach Hause.

Später hörte man, dass der Bruder dieses Mannes in Gefangenschaft gestorben war. Diese Nachricht hatte der Mann nicht verkraftet. Auch wieder ein Kriegsschicksal in der Nähe.

Als mein Vater wieder nach Hause kam, waren wir bereits im Bett, Vati schaute durch die Schlafzimmertür, wir freuten uns. Am nächsten Morgen erzählten wir Opa die ganze Geschichte. Er hatte schön durch geschlafen, in seinem Zimmerchen hatte er nichts mitbekommen.

Samstags war großer Badetag. Einen Badeofen gab es nicht, aber einen großen Waschkessel. Dieser wurde mit Wasser befüllt und mit Holz und Brikett befeuert. Die große Badewanne nahm nach und nach alle auf. Bei den Mädchen durften zwei zusammen in die Wanne. Die Waschküche war geräumig. Da stand auch die Holzwaschmaschine mit Wringer. Gespült wurde in der Badewanne alles mindestens drei mal, bis das Wasser klar war. Am Samstag beim Baden, nahmen wir Kernseife, Jahre später gab es eine wohlriechende Seife und es gab kleine Shamponkissen fürs Haar. Getrödelt wurde nicht, zwischendurch wurde immer mal wieder ein Eimer heißes Wasser zum Badewasser gemischt. Erst waren die Mädchen dran, dann

Bernfried. Als alle Kinder durch waren, war das Wasser dunkel und die Wanne hatte einen richtigen Schmutzrand. Dann säuberte Brigitta alles, und die Erwachsenen badeten wenn wir im Bett waren. In der Waschküche war die Toilette abgemauert und mit einer großen Schiebetür zu verschließen. Man konnte aber trotzdem sehen wer gerade auf Toilette war, unten am Boden war eine große Spalte frei. Opa badete nicht mehr und sagte immer: „Ein gutes Schwein, reinigt sich selbst." Mutti half Vati in und aus der Wanne und schrubbte ihm den Rücken.


Im Flur hinter der Haustür hingen unsere wenigen Andenken. Es waren einige alte, kleine Fotos, in schlichten Rahmen. Darüber ein Kreuz und ein Spruch mit Haussegen. Der Flur war fast quadratisch. Die Wände waren hell gestrichen und darauf waren hellbraune Blumenranken zu sehen, wirklich schön anzusehen. Mein Vater nannte es die Tapete für arme Leute, denn es war nur Farbe an der Wand, ganz einfach. Neben der Garderobe stand eine alte Nähmaschine. Vom Flur aus ging die schmale Tür zu Opas Zimmer, eine große zur Waschküche mit Fenster, die Küchentür und dann die ganz feste, breite mit Holz doppelt gearbeitet Haustür mit Schloss und Schaller von innen. Über der Haustür hing ein Gehörn, von einem Tier, welches mein Uropa geschossen hatte.

Aber nun zu den alten Fotos zurück. Auf dem Verlobungsfoto hat mein Vater ein schwarzes etwas komisches Ohr. Ich glaube allerdings es war und ist das Hochzeitsfoto meiner Eltern. Als ich nach Jahren danach fragte, klärte man mich auf.

Vati war im zweiten Weltkrieg unangenehm aufgefallen. Er hatte oft zu laut, und zu den falschen Leuten, über die Nazis gelästert und gehetzt. Das schlug Wellen in der Stadt an der Pader. Er wurde zur Standortkommandantur geladen. Es war die Heeresstandortverwaltung an der Elsenerstraße. In einem sehr ernsten Gespräch legte man Vati nah: „Am besten, Sie melden sich unvermittelt als Kradmelder für die Reichsarmee, sonst könnte die Sache schlecht für Sie ausgehen. So sieht man Ihren guten Willen, man weiß auf welcher Seite Sie stehen und Kradmelder werden dringend gesucht."

Motorrad hatte mein Vater schon immer gefahren. Diese Fahrten gingen einige Jahre gut. Er brachte Depeschen, Karten und wichtige Mitteilungen zu vielen verschiedenen Einheiten und Ämtern. Er fuhr mit dem Armeekrad, eine Aktentasche mit Lederriemen umhängend zu allen Tages- und Nachtzeiten, sowie bei jedem Wetter, viele, viele Kilometer. Im Laufe der Zeit hatte er zwei Unfälle mit dem Krad, welche aber verhältnismäßig glimpflich verliefen.

Der dritte Unfall war allerdings sehr, sehr schlimm. Auf der abschüssigen Driburgerstraße war ihm die Kette abgesprungen, die Räder blockierten. Er konnte dem Bauern mit einer Sämaschine und Anhänger nicht mehr ausweichen. Von dem Aufprall wurde sein Ohr abgerissen. Viele innere Verletzungen hatte er auch abbekommen und der schwere Acker-wagen zertrümmerte sein Bein. Darunter litt er sein Leben lang mit Schmerzen. Seitdem zog er ein Bein stets etwas nach. Das er den schweren Unfall lebend überstand, grenzte fast an ein Wunder. Danach konnte er wenigstens den Dienst für die schmutzige Sache nicht mehr ausführen.

Mein Vater hatte als Junggeselle, er war fast 40

Jahre alt, am Stammtisch bei seinem Kollegen immer geprahlt: „Wenn ich mal eine Frau habe, die braucht nicht arbeiten!" Das Leben kam aber ganz anders daher. Die Wirklichkeit war hart, und nach dem Krieg besonders hart. Wenn meine Mutter anfangs alleine die Beete umgraben musste und jedes Stückchen Unkrautwurzel aufhob und in einen Korb warf, außerdem so manchen Glassplitter vom Krieg, dann standen oft Kumpel von Vati am Zaun und riefen ganz laut: „Meine Frau brauch nicht arbeiten, das hat sie nicht nötig!" Lachend zogen sie weiter, aber Mutti war erzürnt, obwohl es gar nicht in ihrem Wesen lag. Nach kurzer Zeit hatte sie ihren festen Platz in der Gärtnerei, durch Fleiß, Freundlichkeit und Leistungen in vielen Bereichen.

Im Vorhaus bei den Stühlen unterm Fenster stand ein flacherer Holztisch, an dem man manche Arbeit im Sitzen erledigen konnte. Wenn er nicht gebraucht wurde stand er unter dem großen Steintisch. An der Holztischplatte wurde von Zeit zu Zeit die Kreppmaschine angeschraubt. Befestigt wurde sie mit einer kleinen Schraubzwinge und ganz fest angezogen. Vorher hatte Vati die Mechanik etwas geölt. Mutti schraubte die Maschine so an, das die Handkurbel frei stand. Darunter waren zwei gegeneinander laufende abgerundete Metallscheiben. Gekonnt musste mit Millimeter genauem Maß und mit großer Fingerfertigkeit, das auf Länge geschnittene Krepppapier eingefädelt werden. Wenn es gut lief, kamen herrliche große Lockenkanten heraus und fielen lang zu Boden. Da musste der Fußboden sauber und trocken sein. Die fertigen Lockenbahnen wurden passend für diverse Blumentopfgrößen geschnitten. Eine Steck-nadel und ein schmaler Krepppapierstreifen hielten für den schnellen Verkauf mit einem Handgriff alles bereit, wenn die Vorarbeit perfekt war. Diese Bündel legte man auf Vorrat in große trockene Kartons mit Deckel.

Die festen Kartons bekamen wir im Winter mit Papierblumen. Für die Kranzbinderei kombiniert mit einigen frischen Blumen, es gab Lilien, Calla, Nelken, Rosen und dicke Chrysanthemen. Alle waren mit Wachs über-zogen, direkt an einem langen Steckdraht. Es gab noch kein Plastik für solche Blumen und Seide war zu teuer. An dem flachen Holztisch, saß Mutti den ganzen Oktober, um Islandmooskränze zu fertigen. Das Islandmoos kaufte man in großen Holzkisten. Es war ganz eng gepresst, und leicht feucht. Um es zu verarbeiten, wurde es mit Wasser übergebraust. In dem Monat zupften wir Kinder die Flocken täglich sauber. Alle Kiefernadeln und kleinen Zapfen entfernte man und auch die schwarzen Wurzeln. Dann warfen wir das Moos auf den Steintisch. Mutti hatte dann nach ihrem kleinen Mittagsschlaf viel zu tun. Sie steckte die einzelnen Moosflocken mit Patenthaften auf Strohunterlagen zu einem Kranz. Ein älteres Geschwisterpaar machte im Oktober dann täglich seinen Spaziergang zu uns in die Gärtnerei. Sie setzten sich auf die Stühle vor der Heizung, in die Reihe unterm Fenster neben Mutti. Mit Engelsgeduld gab die ältere Dame eine Patenthafte nach der anderen Mutti zum Stecken in die Hand. Immer richtig rum zum verarbeiten. Der ältere Herr holte mit seinem Spazierstock das lockere saubere Moos vom Steintisch auf den flachen Holztisch, stundenlang ging das so weiter. Für Allerheiligen mussten ja alle Mooskränze fertig sein.

In der Gärtnerei gab es erst Katzen, als wir Kinder damit spielen wollten, wenn mal Zeit war. Vati war an sich tierlieb, aber sollten die Katzen einmal in lockere, vorbereitete Topf- oder Aussaaterden ihr Geschäft erledigen, dann gab es Ärger! Passierte es, holte Vati eine Fitzel und jagte sie weg. Es war ja auch sehr eklig.

Früher gab es keine fertigen Erden. Die Erde wurde stets selbst gemischt mit Sand, Torf, Kompost, Mutterboden, und so weiter. Je nachdem für welche Pflanzenkultur man diese verwendete. Die Erden siebte Vati zweimal, damit sie locker und fein war, mühsame Arbeiten.

Eine Zeit hatten wir einen großen festen Käfig, darin ein Eichhörnchen, Vati hatte es gefunden und nannte es Peterchen. Putzig anzusehen, makaber nur, sein Käfig stand direkt am Nussstrauch, aber vielleicht fand Peterchen es auch in Ordnung. Als erstes Tier nach dem Wiederaufbau wohnte bei uns auf dem Hof, ein Hund mit seinem Zwinger unterm Flieder-strauch. Es war ein deutscher Schäferhund. Er fletschte gerne die Zähne und sah dadurch angsteinflößend aus. Mutti sagte nichts, aber sie war damit nicht einverstanden und hatte Angst um uns Kinder. Das ganze Problem löste sich von alleine, als sich unsere Kunden beschwerten und dann wegblieben. Also war es mit dem Wachhund vorbei und er wurde verkauft.

Im Alter, als Rentner bekam Vati einen Kurzhaardackel, einen sehr schönen, mit einem besonders tollen Dackelblick. Klette war der Name der Dackeldame, weil sie Vati nicht von der Pelle ging. Die beiden waren ein unzertrennliches Paar und unternahmen lange Spaziergänge. Außerdem legte mein Vater sich eine kleine Gartenfläche etwas tiefer an. Er bekam eine hübsche Landschildkröte, ein Superexemplar. Vati fütterte sie mit Salat und schaute dem Tier lächelnd beim fressen zu. Sie bekam den Namen Krolli. Nach einem Jahr meinte mein Vater, diese Schildkröte wäre so alleine. Im Zoogeschäft kaufte Vati sich noch eine Schildkröte, auch sehr schön, aber kleiner, er nannte sie Krollinchen.

Meine Mutter war nach den Jahren 1950/52 oft sehr krank, verbunden mit längeren Krankenhausaufenthalten. Unsere Hausärztin musste viele Jahre oft auch nachts zu Mutti kommen. Dann gab sie ihr passende Medizin oder Spritzen. Wenn aber alle Medizin nicht half, musste Mutti ins Krankenhaus. Stets zu den Vinzentinerinnen in Paderborn. Der Krankenwagen kam den Weg runter gefahren und uns Kindern wurde gesagt: „So jetzt verabschiedet Euch von Eurer Mutti!" Unsere Mutter so bleich auf der Trage liegen zu sehen, zerriss uns das Herz. Tränen gab es ohne Ende, ich sehe uns noch immer, innerlich aufgewühlt und jämmerlich winkend da stehen. Wir winkten bis der Krankenwagen um die Ecke verschwand. Brigitta führte dann den Haushalt alleine.

Gott sei Dank kam Mutti nach einigen Wochen wieder nach Hause, wenn auch sehr ge- schwächt. Stand der nächste geschäftsreiche Feiertag vor der Tür, befürchteten wir, Mutti könnte sich wieder überarbeiten und krank werden. Oft passierte es auch prompt.

Die Frau Doktor versorgte sie wirklich vorbildlich und kam oft morgens und abends. In solchen schlimmen Nächten litten wir seelisch und körperlich. Wir wechselten uns in der Nachtwache ab, Brigitta, Christel und ich. Oft schaute Vati um die Ecke, aber helfen konnte er ja nicht. Jeder von uns erledigte die

Nachtwache so gut wie er konnte. Mutti hatte uns einiges darüber vermittelt, hauptsächlich praktische Tipps. Wichtig war, sie merkte, es ist immer jemand von uns da, sie war nachts nie alleine. Wenn es dann nach ein Uhr war, hieß es stets: „Jetzt schafft Mutti auch sicher die Nacht!". Später nach fünf Uhr morgens, das erste Tageslicht fiel ins Zimmer, dann war es wieder geschafft. Mutti war für diese eine Nacht „über den Berg". Die heiße, fiebrige Stirn wurde immer feucht und kühl abgewischt. Wadenwickel wurden die ganze Nacht erneuert, damit das Fieber sank. Das Zimmer war dunkel, nur eine Kerze brannte. Leise beteten wir, man hörte nur das stöhnen von Mutti und den Wecker ticken. Langsam vergingen die Minuten und Stunden, ganz langsam. Im gleichen Zimmer schliefen ja auch die anderen Kinder, aber in kindlicher Ruhe.


Mutti gebürtig aus dem Münsterland, war die Jüngste von 12 Kindern. Der Bauernhof war sehr ländlich gelegen, das Gebiet heißt Davert, einem Teil von Rinkerode. Der Vater war ein stattlicher Mann und Bildhauer für Stein und

Holz. Viele Wegekreuze im Münsterland tragen seine Handschrift und in der dortigen Pfarrkirche hat er außer einigen Heiligenfiguren, in beachtlicher Größe, ebenso die Kanzel und das Chorgestühl geschnitzt.

Gegenüber dem elterlichen Hof meiner Mutter liegt die Wasserburg 'Haus Borg'. Dort war meine Großmutter als junges Mädchen in Haus und Küche beschäftigt. Es war so üblich, vom Hof gegenüber holte man Steinmehl und schrubbte damit die Steinböden in der Burg. Da ist bei beiden jungen Leuten der Funke übergesprungen. Es wurde eine große Liebe. Das Steinmehl zu holen, dauerte immer länger, so fiel das Techtelmechtel auf, und die Dinge nahmen ihren natürlichen Lauf.

Die große Kinderschar, welche im schönen Bauernhaus aufwuchsen, bestand aus sechs blonden und sechs dunklen Haarschöpfen. Mutti erzählte manchmal von ihren Geschwistern und zählte alle auf, sechs hatten glatte und sechs krause Haare, es waren außerdem sechs Mädchen und sechs Jungen.

Als meine Mutter elf Jahre alt war, starb leider der Vater an einer Staublunge. Arbeitsschutz gab es ja damals noch nicht. Als meine Mutter siebzehn oder achtzehn Jahre alt war, wurde sie auf Wunsch ihrer Mutter und ihrer Patentante, der Baronin Freifrau von Kerkering in ein Kloster gebracht. Es war der neugegründete Orden der Clemensschwestern.

Erst lernte sie dort die Krankenpflege und danach Kochen. Sie brachte es bis zur Lehrköchin und war sehr beliebt. Sie hat vielen, vielen Frauen und Mädchen das Kochen gelernt. Durch widrige Umstände und Verleumdungen während der Nazizeit geriet sie in Misskredit innerhalb des Ordens. Denn im Orden gab es bis in die Spitze „braune Schwestern".

Vor der ewigen Profess verlies sie auf eigenen Wunsch das Kloster, das war das Ende von Schwester Sigmara. Sie war nun wieder Magdalene und suchte nach einiger Zeit eine Stelle im Haushalt mit dem Schwerpunkt Großküche. Bei der Wiedereingliederung ins freie Leben brauchte sie dringend Hilfe. Durch ihre Patentante der Baronin von Haus Borg kam die erste große Möglichkeit ins Laufen. Meine Großmutter erlebte den Klosteraustritt Gott sei Dank nicht mehr. Damals war es eine Ehre für die ganze große Familie, wenn ein Spross der Sippe Priester, Mönch oder Nonne wurde.

Der Cousin der Baronin war der Bischof von Galen aus Münster. Er sorgte dafür, das Mutti weiter in der katholischen Kirche bleiben konnte. Also mit allen Rechten und Pflichten, dies war meiner Mutter ganz wichtig, denn sie war immer gläubig und fromm. Der Bischof von Galen war allseits bekannt und beliebt, er machte in der Not vieles möglich, was unter normalen Umständen nicht denkbar gewesen wäre.

Es vergingen einige Monate, Mutti wohnte vorübergehend bei der Familie ihres Bruders Anton in Münster. Sie musste neue Kleidung bekommen und dergleichen. Sehr ärmlich aussehend kam sie damals im grünen Grund an. Inzwischen wuchsen auch ihre Haare wieder nach.

Unverhofft bekam Mutti große Hilfe durch ihre alleinstehende Schwester Mia aus Münster. Diese Mia war als junges Mädchen mit elf Jahren auf einer Brücke in Münster angefahren worden. Sie war mit dem Fahrrad unterwegs gewesen. Seitdem hatte sie eine Geh-behinderung und ständig große Schmerzen. Dadurch hatte sie einen etwas säuerlichen Gesichtsausdruck und zog das Bein mal mehr, mal weniger nach. Diese Schwester führte alleinstehenden Herren den feinen Haushalt. Sie wohnte auch auf der gleichen Etage in einem großen Haus und hatte dem älteren Herrn von Mutti´s Lage erzählt. Das ihre Schwester etwas weiter von Münster entfernt, eine Stelle im großen Haushalt oder ähnlichem suchte. Dieser Herr war im ersten Weltkrieg unter anderem in Paderborn stationiert gewesen. Seinen Eid hatte er noch auf den Kaiser geschworen und entwickelte eine Idee. Er war ein sehr hoher Offizier gewesen und kannte die Familie T., welche dort die Kantine der Offiziere gepachtet hatte. Dieser Herr stellte also eine Verbindung her, zu Gunsten meiner Mutter.

Zum Vorstellungsgespräch wurde am Hauptbahnhof in Paderborn ankommend ein sehr schönes Foto gemacht von Herrn T., dem späteren Chef meiner Mutter. Das Bild zeigt eine sehr elegante gekleidete Dame im sommerlichen Reisekostüm, dazu einen großen Hut, der damaligen Mode entsprechend. Volles dunkles Haar quoll unter dem Hut hervor. Wie ich nach Jahrzehnten erfuhr, trug sie damals eine Perücke. Begleitet wurde Mutti von ihrem Schwager Bernhard. Dem Besitzer vom Baugeschäft in Rinkerode, wo ich später so gerne und lange lebte. Er war ebenfalls vom Scheitel bis zur Sohle modisch und tip top gekleidet, dazu der Spazierstock mit Silberknauf, das Attribut der Zeit, beim Flanieren. Herr T. holte die beiden mit dem Auto ab. Meine Mutter bekam sofort die Stelle als Köchin in der Offiziersmesse und wurde herzlich aufgenommen. Sie freundete sich rasch mit der neuen Umgebung und der Familie T. an, sie war zufrieden mit dem neuen Leben. Im ganzen war es eine glückliche Fügung. Meine Mutter trat umgehend den Dienst in Paderborn an.

Mein Vater, als Mann auf Freiersfüßen, fuhr am Wochenende mit dem Fahrrad gerne zu dieser Kantine. Da erfuhr er wieder Neues, was an höchster Ebene zur Zeit anstand. Vati machte immer Studien, so nannte er es, und war stets politisch interessiert. Dort trank er gerne ein Bierchen, rauchte Zigarellos und wurde von Familie T. gerne als Gast gesehen. Außerdem lieferte er oft den Tischschmuck und Blumen für größere Vasenfüllungen. Nach einigen Monaten stellte dann Frau T. Mutti und

Vati gegenseitig vor. Es wurde geplaudert und danach die Arbeit in der Küche fortgesetzt. Eine gewisse Zeit verging mit Grüßen und Wünschen. Eines Tages kam mein Vater gezielt zur Panzerkaserne. Vati hatte starken Druck, er suchte nach einer großen, aber unglücklichen beendeten Liebe, eine Frau. Er brauchte aus mehreren Gründen eine Frau. Zum einen waren seine Eltern inzwischen alt und die Mutter war sehr krank, meistens bettlägerig. Für's Geschäft fehlte eine Person zum Blumen binden und im Haushalt bestand auch ein großer Bedarf an einer Hausfrau.

Vati selbst konnte mit nur der linken Hand kein Knöpfchen am Hemdärmel schließen. Er ließ es dann offen. Trotzdem war er immer wie aus dem Ei gepellt. Am Wochenende trug er stets einen guten Anzug, hell oder dunkel je nach Jahreszeit. Neugierde und Wissbegierde liegen ja nah zusammen, oder sind oft das gleiche. Mein Vater hatte nun ein Ziel. Er sah das neue Gesicht in der Küche immer interessierter an. Er kam nun jedes mal mit meiner Mutter ins Gespräch. Einmal brachte mein Vater einen Kaktus mit und schenkte ihn freudestrahlend der jungen Frau vor ihm. Dies war ein Test, wie die Dame seines Herzens wohl reagieren würde. Mit Hilfe der Gastwirte wurden die Beiden dann sozusagen verkuppelt. Wie lange das Werben gedauert hat, weiß ich nicht, gehört habe ich aber durch die Krankheit meiner Oma, sollte möglichst schnell eine junge Frau ins Haus kommen.

Meine Mutter war auch nicht abgeneigt, denn sie hatte sich immer vorgestellt, falls sie mal heiraten würde, dann einen Kriegsversehrten, damit sie eben mehr an ihrem Mann Gutes tun konnte, als an einem gesunden Mann. Da mein Vater durch verbotene Spielerei die reche Hand und den Unterarm verloren hatte, war die Bereitschaft seitens meiner Mutter gegeben und sehr charmant konnte mein Vater aber auch sein. Das gemeinsame Schicksal nahm nun seinen Lauf.


Am 17. Februar 1940 war die Hochzeit. Wegen Krieg und Krankheit fiel diese, wie man später immer erzählte, sehr bescheiden aus. Das Fest verlief ohne jede Fröhlichkeit. Die Hochzeitsreise welche in Wirklichkeit ein Hochzeitsnachmittagsausflug war, ging mit der Straßenbahn bis zum Sennebahnhof. Nach dem

Kaffee trinken fuhren die beiden zurück. Vati schenkte Mutti eine Kette, eine Anstecknadel und einen Ring. Alle Teile aus Gold mit einem hellblauen Edelstein.

Später als ich selber Hochzeitsdekorationen fertigte und Mutti diese sah, sagte sie immer noch traurig: „Bei unserer Hochzeit standen nur ein paar Primeln auf dem Tisch!" Ich persönlich fand das gar nicht so schlimm.

Turteltauben wurden die Beiden wahrlich nicht, aber gute Kameraden, einer konnte sich auf den anderen verlassen. Sie blieben ein Leben lang ein Paar. Ende November 1940 kam das erste Kind zur Welt, meine Schwester Christel. Kurz nach der Hochzeit starb meine Oma. Für Mutti gab es natürlich trotzdem viel zu tun, Haushalt, Garten und Gärtnerei forderten sie. Aber sie hat nie geklagt. So ging die Zeit dahin.

Während der Nachkriegsjahre standen in jedem Wartezimmer beim Arzt, anstatt Leseutensilien, mehrere kleine Körbe mit dicken Baumwollknäuel, nur Natur ohne jede Farbe. Jede Frau und jedes Mädchen die es konnten strickten Wickeln, welche für

Leprakranke dringend benötigt wurden. Heilung gab es damals noch nicht, aber Linderung mit Salben und vielen, vielen Wickeln. Man strickte schlicht rechts, in vorgegebenen Breiten. Sie konnten gar nicht lang genug sein. Die Bilder von total bandagierten Leprakranken, kannte zu der Zeit jeder Mensch.

Wenn die Wartezeit vorbei war, wickelte man den Verband weiter auf die bereits bestehende Rolle, die Stricknadel geschickt ins Knäuel gesteckt, damit sich niemand verletzte und keine Masche flöten ging. Man kann sich denken, insgesamt kamen Unmengen an Verbänden zusammen und waren für die armen Länder eine Hilfe.

Oft musste ich zur Ärztin von Mutti an der Warburgerstraße, um zum Beispiel ein Rezept für eines der vielen Medikamente für Mutti abzuholen. Aus der Apotheke holte ich dann auf dem Rückweg die fehlenden Medikamente ab.

Einmal, wir wohnten schon im Neubau, musste ich unverzüglich zum Arzt. Christel, Bernfried und ich hatten eine Rangelei. In der Wohnküche stand an der Wand eine Chaiselounge. An sich erledigten wir gerade unsere Schulaufgaben.

Bernfried saß auf dem Sofa und pruckelte irgendetwas unter der Tischplatte. „Was machst du da?" Er sagte nichts und pruckelte weiter und weiter. Wir Mädchen wollten es aber wissen. Ich ging ans Kopfende, Bernfried lag inzwischen lang auf dem Sofa, Christel sollte die Füße ganz festhalten. Ich hielt mit aller Kraft Bernfried's Hände fest. Er lag auf dem Rücken und schrie. So ging der ungleiche Kampf eine ganze Zeit weiter. Er wehrte sich wie ein Bär, ich griff noch fester die Hände.

Da passierte es. Ich spürte einen starken Schmerz in meiner rechten Hand, und schon schoss das Blut heraus, Angst und Geschrei! Christel gab mir schnell ein paar saubere Trockentücher die ich einfach auf die Wunde drückte. Schnell lief ich aus dem Haus und unseren langen Weg rauf. Dann den Bischofsteich rauf, nochmals etwa 80 Meter zum Doktor E. Das Wartezimmer war voll, die Leute schrien auf, ich lief durch ins

Arztzimmer. Der Arzt schickte schnell seinen Patienten raus, setzte mich auf einen Stuhl und schüttelte mit dem Kopf. Eine Blutspur von zu Hause bis hierher war noch lange auf dem Straßenpflaster zu sehen. Nach einem Glas Wasser für mich beruhigte mich der Doktor. Er tupfte das Blut so gut es ging, immer wieder aufsaugend ab. Und was war in der Wunde? Ich dachte eine Rasierklinge, aber es war das Messer aus einem auseinander geschraubten Anspitzer! Das war die Strafe für das Gezanke. Die Hand wurde örtlich betäubt und die Wunde mit fünf Klammern zugedrückt. Dann verband der Arzt mich, der Arm wurde in einem Tragetuch stillgelegt, die Hand etwas höher gebunden. Er lachte mich an mit der Worten: „Hast alles gut gemacht Mädchen!". Jeden Tag ging ich zum verbinden und nachschauen. Zur Schule ging ich natürlich weiterhin. Ich bedankte mich, nahm die blutigen Tücher wieder mit, unter dem anderen Arm und ging langsam der Blutspur nach, nach Hause. Jetzt kam ja noch das Donnerwetter zu Hause, das wusste ich ganz genau. Es waren Gott sei Dank gerade keine Kunden in der Gärtnerei und im Laden, aber meine Eltern. Vati schimpfte: „Kann man Euch denn nicht einen Augenblick alleine lassen?". Ich wollte erklären, daß wir Mädchen die Schuld hatten, aber Bernfried erhielt abends eine ordentliche Tracht Prügel. Mutti sagte wieder einmal unter Tränen: „Was sollen die Leute denken?" Natürlich machte dies blutige Ereignis seine Runde. „Die zweite von Drewes´ Mädchen hat furchtbar geblutet, was da wohl los war?". Zu der Zeit war ich zwölf Jahre.

Einige Monate später wurden im Vincenz -Krankenhaus, junge Hilfskräfte gesucht, um sonntags Schwestern einzusparen. Nach Rückfrage bei meinen Eltern bekam ich Erlaubnis „Ja, wenn es nur sonntags ist und nichts anderes darunter leidet!" Ich meldete mich an und war gespannt was mich erwartete. Gesagt, getan, zu der Zeit wie besprochen war ich um kurz vor 7 Uhr da. Ich kam auf die Männerstation, Station 11. Meine ersten Aufgaben waren in der Teeküche: Tee kochen in großen hohen Emaillekannen, viele, viele Butterbrote schmieren und die Teller auffüllen. Es gab zwei Krankenhaus Teewagen mit je zwei Regalen. Die Teekannen waren anfangs sehr schwer, aber ich wollte ja groß und stark sein.

Ein Jahr später durfte ich schon beim Verteilen der Mahlzeiten in den Zimmern helfen. Abräumen konnte ich schon alleine. Die Patienten freuten sich, wenn sie mich sahen und sagten: „Die Sonne geht auf!" Ich trug weiße Kittelschürzen vom Krankenhaus und war irgendwie stolz. So ging es vier oder fünf Jahre lang. Die Stationsschwester war mit mir sehr zufrieden und lobte meinen Fleiß und meine Freundlichkeit. Schwester W. war Nonne der Vinzentinerinnen, zu der Zeit wusste ich natürlich noch nicht, daß Mutti auch mal eine Nonne war.


Das unsere Familie mindestens jeden Sonntag zur Messe in den Dom ging, war so sicher wie das tägliche Essen oder wie das Amen in der Kirche. Mutti und Brigitta gingen in die Frühmesse. Christel, Bernfried und ich gingen um 9 Uhr in die Kindermesse. Vati mit Ulla und Pupa in die späteste Messe. Wenn ich Sonntagsdienst hatte, ging ich um 6 Uhr vor der Arbeit mit den Schwestern ins Mutterhaus in die Kapelle. Während der Fastenzeit besuchte ich vor der Schule oder später vor der Arbeit die tägliche Messe in der Krypta des Doms. Die Frühmesse war gut besucht und es waren meist die gleichen Gläubigen. Morgens früh vor Ostern war es anfangs noch ziemlich dunkel. Ich ging schnell den Bischofsteich runter, an der Heiersburg vorbei, die Meinwerkstraße hoch, dann die Heierstraße bis zum Domgässchen, alles ständig ansteigend, dann über den kleinen Domplatz. Anschließend durch den Pürting, am Hasenfenster weiter bis zum ewigen Licht am Denkmal der Kriegsgefallenen. Der schwarze Stein stand voll mit Namen der armen Menschen, die im Pürting und Vorhalle des Doms Schutz vor Bomben gesucht hatten und trotzdem den Tod gefunden hatten. Eine Sekunde anhalten am ewigen Licht, flott weiter in den Dom und die Treppen runter zur Krypta.

Das ganze Stück war schon eine Tour, später fuhr ich mit dem Fahrrad. Es war eine Bürde durchzuhalten mit den Fastenmessen, aber ich wollte stets die 40 Tage durchhalten. Danach war das Osterfest, so festlich und herbei gesehnt, wie ich es in späteren Jahren nie mehr empfunden hatte.

Mutti nahm es mit dem Glauben und allen Kirchengesetzen natürlich ganz genau. Wir Kinder mussten es gleich tun, zumindest was den Kirchgang betraf.

Opa konnte nicht mehr soweit gehen, er bekam einmal im Monat die heilige Kommunion zu Hause. Vati ging so lange mit den Kleinen zum Dom, bis sie dorthin alleine gehen konnten. Dann war das Kapitel für Vati gelaufen, sehr zum Ärgernis von Mutti „Was sollen die Leute denken?"

Vati war allerdings bibelfest, kannte sehr viele Zitate und die ganze Bibel sowieso. Er widerlegte gerne einzelne Passagen auf seine spezielle Art, mit einem Schmunzeln. Auf dem Brettchen für Brote, welches nicht aus Holz, sondern aus weißer Keramik war, stand eine blaue Aufschrift: „Der Mensch lebt nicht von Brot allein, es muss auch Wurst und Schinken sein!" In einem Schuttberg wurde es wieder gefunden. Es hatte natürlich abgeschlagene Ecken, aber Opa hatte es vor dem Krieg täglich benutzt und freute sich daran.

Wenn wir Essen wollten und der Tisch war noch nicht mit Besteck gedeckt, sagte Vati: „Heute bete ich vor!". Wir Kinder wussten schon, was nun kam. „Jesus sprach zu seinen

Jüngern, wer keine Gabel hat, esse mit den Fingern". Lachend sagten wir im Chor „Amen", nur Mutti guckte ernst und verzog keine Miene.

Als wir Kinder ran wuchsen, sollten wir auch in die Andachten gehen. Am schönsten waren Maiandachten und im Oktober die Rosenkranz-andachten. Sie waren meist abends um 18 Uhr und täglich. Oft fand sich eine Gelegenheit, diese mit Wonne zu schwänzen. Vati wusste es und hielt dicht. Mutti ahnte es nicht. So konnten wir uns mal mit anderen Kindern im gleichen Alter verabreden. Wir mussten aber zusammen wiederkommen. Wer als erster oben an unserem Weg war, versteckte sich hinter der dicken Hecke am Bischofsteich. Nach und nach kamen alle an und wir gingen zusammen den Weg runter nach Hause.
Mutti fragte gerne: „Was wurden denn für Lieder gesungen?". Da fiel uns immer was ein, wir waren ein eingespieltes Team. Allerdings eine Messe am Sonntag schwänzen, ging meistens daneben. Auf Nachfragen wer und was gepredigt wurde, oder welche Lesung

vorgetragen wurde, merkte Mutti schnell das wir geflunkert hatten. Dann gab es Schimpfe, wir sagten uns, was soll's, Schimpfe tut ja nicht weh.

Zweimal habe ich aber von meinem Vater mit der Lederpeitsche Prügel bezogen. Einmal im Sommer wollte ich für uns eine Schaukel bauen. Eine für kleine Kinder hing da schon, aber mit einem Sitzgestell. Platz war noch unterm Schuppen und es gab schon feste Haken. Ein passendes Brett hatte ich schon gefunden. Mit fehlte das Strick zum aufhängen. In der Wagenhalle fand ich ein dickes, festes, langes Seil, genau passend, es hing schon lange an der Wand. Ich nahm es, ohne zu fragen. Die Dinge nahmen ihren Lauf. Von der Länge passte es gut, es störte nur so ein blöder dicker Knoten unten. Mit Hilfe des Schraubstocks und eines frisch geschärften Fuchsschwanzes, sowie meiner ganzen Muskelkraft sägte ich das Ding ab. Mit einigen Handgriffen war dann die große Schaukel für uns fertig. Vati hatte in den Treibhäusern mit Kulturarbeiten zu tun und daher nichts gemerkt.

Abends zeigte ich ihm stolz: „Vati guck mal, das habe ich heute selbst gebaut." Vati besah sich die Schaukel und ging einmal drum herum.

„Wo hast du das Seil her?" „Och, das olle Ding hing so in der Wagenhalle rum, und da dachte ich..." „...dachte ich, dafür wirst du noch bittere Tränen weinen müssen!" Kurz darauf kam er mit der Lederpeitsche, ich trat zurück, versicherte ängstlich: „Ich tu es auch nie, nie wieder!" „Das kannst du auch gar nicht, denn so einen Knoten gibt es gar nicht mehr!"

Die Peitsche tanzte, ich weinte entsetzlich. Die Schläge trafen nur meinen Po, ich konnte in den nächsten Tagen nicht ohne Schmerzen sitzen. Am Tag danach erklärte mir Vati den Knoten, es handelte sich um einen vom Seiler, geschneiderten Knoten mit einer bestimmten Traglast, damit konnte Vati schwere Teile mit einer Hand hochziehen.

Mutti durfte sich bei solche Maßnahmen nicht einmischen. Alles geschah unterm Schuppen, der vorne und hinten offen war, so schallte natürlich zu allen Seiten. „Lieber Gott, was sollen die Leute sagen?" Über solche Vorfälle wuchs stets schnell Gras, am kommenden Tag war immer alles vergessen, nachtragend war niemand.

Das zweite und letzte mal, als ich Kontakt mit der Lederpeitsche bekam war Frühling und Lunapark. Die erste Kirmes des Jahres. Gleich bei uns um die Ecke auf dem Maspernplatz. Ich war jetzt schon 13 Jahre und hatte nur noch einige Tage Schule. Ich hatte die Erlaubnis mit andern Mädchen und Jungen aus meiner Klasse zu bummeln.

Auf dem Rummel war für mich der einzige Anziehungspunkt immer die Schiffsschaukel. Ich schaukelte alleine oder zu zweit. Ein Riesenspaß! Die Schiffschaukel war wie ein Schiffchen aus Blech. Darunter zwei dicke Holzbretter oder Bohlen. Wenn die Zeit des Schaukelns um war, konnte immer eine Schaukel nach der andern angehalten werden. Mittels eines großen Metallhebels wurde das Gegenstück zu den Hölzern an den Schiffen hochgerissen und die Bremse hatte gewirkt. Es wurde immer wieder eingestiegen und ausgestiegen. Schnell und zeitnah mussten die Mitarbeiter bei den zwölf Schiffschaukeln reagieren. Die Jungen die kassierten und die Schaukel anhielten, kannte ich schon, manche auch von den Vorjahren. Wenn Lunapark war legte ich Botenfahrten mit Blumen auf den Nachmittag, um schnell vom Trinkgeld einmal hoch zu schaukeln.

Mit den Leuten vom fahrenden Volk hatte ich mich etwas angefreundet und fand ihr Leben überaus romantisch. Lachen und scherzen, das mochte ich! Wenn bei Regenwetter oder ähnlichem nicht viel zu tun war und fast alle Schaukeln leer standen, durfte ich vom Chef aus, umsonst schaukeln. Ich schaukelte dann mit den Jungs von dem Betrieb um die Wette, wer am schnellsten und am höchsten schaukeln konnte. War das ein Spaß! Ich schaffte den Überschlag ohne eine Riesenanstrengung. So war ich wie ein Lockvogel für den Fahrbetrieb. So viele schaukelten, aber nicht alle wollten und konnten den Überschlag. Aber die jungen mutigen versuchten es immer wieder. Vom Publikum gab es Applaus, wenn es jemanden gelang. Manche Zuschauer schrien und klatschten im Takt. Dieser, an sich einfache, mechanische Fahrbetrieb war in der Zeit ein Publikumsmagnet auf Lunapark.

Nun, an dem besagten Sonntagabend, war der letzte Tag für dieses Jahr. Ich hatte die Zeit vergessen vor lauter Eifer mit Überschlag, Limo und Cola. Die Domturmuhr schlug mahnend 22 Uhr. Schnell sagte ich meinen Mitschülern und Freunden Tschüss und lief nach Hause. Es war nun richtig dunkel, aber es war ja auch nicht weit. Gerade kam ich oben auf unserem Weg an, holte tief Luft, plötzlich trat Vati aus dem seitlichen Schatten der Hecke hervor. „Wo kommst du her? Solltest du nicht um neune zu Hause sein?". Unter seinem rechten Arm hatte er die Lederpeitsche mit Knoten an den Enden. „Ab nach Hause!" und die Riemen schlugen mit Vatis linker Hand in meine nackten Kniekehlen. Der Weg ist lang, wenn man unentwegt Schläge bekommt. Ich weinte nur leise, damit die Leute, die Nachbarn nichts mit bekamen.

Zu Hause warf ich mich auf Bett und weinte bitterlich. Trotz kühlender Tücher von Mutti, war die Schwellung schmerzhaft, ich konnte kaum gehen. Am nächsten Morgen sagte ich: „Ich kann heute nicht zur Schule!". Vati: „Du gehst zur Schule, soll doch ruhig jeder sehen! Oder soll ich dich treiben?" „Nein, ich gehe schon!". Kurz vor Ostern zog man immer Kniestrümpfe an, was sollte ich darüber anziehen? Hosen für Mädchen waren in Paderborn noch selten, wir hatten noch keine.

Mit großer Hilfe aus Rinkerode, vom Bauunternehmen, wurde unser Traum vom größeren, neuen Haus endlich wahr. Mischmaschinen, Gerüste, Leitern und Materialien wurden per Lastkraftwagen montags mit den Maurern und Handlangern mitgebracht. In der Woche wohnten sie bei uns erst im Vorhaus, dann im fertigen Keller. Es war eine turbulente Zeit. Das Haus wuchs, Decken, wurden eingeschalt, dann kam das Richtfest. Beköstigt wurden die fleißigen Leute im Vorhaus. Zu der Zeit mussten wir sehr viele Lebensmittel einkaufen. Beim Metzger holten wir nun oft 1 Meter Bratwurst – damit es auch reichte.

Einen Abend kam Christel aufgeregt zu mir ins Bett, mit hochrotem Kopf sagte sie: „Guck mal sieht man irgendwas?" und zeigte dabei auf ihre Lippen. „Was soll denn da sein?" erwiderte ich. „Der Paul hat mich geküsst, hoffentlich merkt Mutti es nicht. Hauptsache ich bekomme kein Kind." Es war der Maurer welcher das alte Schwert bekommen hatte. Das Haus wurde fertig, im ersten Stock bekam Christel ein einzelnes Schlafzimmer. Sonst wurde die Etage von uns vermietet. 1955 zog unsere Familie in den Neubau. Er schloss direkt an das Behelfsheim an. Auf den Grundmauern des früheren Gärtnerhauses. Nur hier war noch ein Anbau auf der linken Seite mit einem Blumenladen und daran angeschlossen eine Waschküche mit Außentreppe. Auf der rechten Seite sollte ein ähnlicher Anbau nach unserem Umzug entstehen. Darin Opas neue Zimmer, so wie ein größeres Zimmer für Brigitta. Doch diesbezüglich kam es ganz anders.

Opa war nach und nach immer schwächer geworden und kam ins Brüderkrankenhaus. Ich besuchte ihn täglich mit dem Rad. Er lag in einem großen Mehrbettzimmer, fühlte sich offensichtlich nicht wohl. Nach einigen Tagen kam ich an ein leeres Bett. Die Pfleger hatten Opa auf Anordnung hin gebadet, danach ist er verstorben. Ich weinte bitterlich. Ganz alleine war er gestorben. Auch wenn er schon gut 93 Jahre war, verband uns doch soviel. Das er alleine war, quälte mich lange. Kein Anruf an unsere Familie – nichts.

Brigitta bekam ein Angebot in einem Geschäftshaushalt auf dem Ükern zu arbeiten. Zum Haushalt gehörten drei Erwachsene und zwei kleinere Mädchen. Die Familie war uns bekannt, sie hatten ein Lebensmittelgeschäft und eine angrenzende Drogerie.

Mit diesem neuen Haushalt hatte Brigitta

wesentlich weniger Arbeit. Wir verstanden, daß sie sich mal verändern wollte, nach dieser intensiven Zeit bei uns. Brigitta half uns noch so gut sie konnte. Die nachmittäglichen Spaziergänge mit den kleinen Töchtern, legte sie so, daß sie gegen 17 Uhr bei uns in der Gärtnerei vorbeikamen.

So bereitete Brigitta fix die Brote und den Tee fürs Abendessen vor und deckte schon den Tisch. Wir passten auf die Kleinen auf, so war vielen Menschen geholfen.


Sofort nach dem Krieg machte ein junger Mann aus Berlin, Werner sein Landjahr bei uns in der Gärtnerei. Danach begann er eine kaufmännische Lehre im Schildern. Wir persönlich kauften dort nicht, es war für uns zu erlesen, zu teuer. Aber jede Woche besuchte er uns am Bischofsteich und brachte Kleinigkeiten zu unserer Freude mit. Wir mochten seine Berliner Schnauze. Er war immer fröhlich und begrüßte Vati und Mutti aufs Herzlichste. Am liebsten aß er „Kappes du Lappes".

Wussten wir, das Werner kam, stillten wir seinen großen Appetit darauf. Nach der Lehre verließ er Paderborn und bekam eine Stelle als Vertreter bei Bahlsen in Hannover. Da er viel reiste, führte sein Weg oft weiterhin zu uns. Jetzt gab es Plätzchen aller Art vom Feinsten, in silbernen, länglichen Weißblechdosen. Sie waren fein maschinell ausgelegt mit Pergaminpapier. In diesen herrlichen Dosen blieb nie ein Krümelchen über. Es gab bereits bekanntes Gebäck, aber auch das Neuste. Es handelte sich um Probierdosen, welche er seinen Kunden anbot, um gute Verkaufs-abschlüsse zu haben. Verschenken durfte er, was übrig blieb. Es blieb stets genug für uns übrig.

Werner war immer noch nicht verheiratet und spöttelte, er würde demnächst Christel heiraten. Aber sie wuchs heran, hatte Freunde und Werner war abgeschrieben.

Nun kam ich an die Reihe, natürlich alles nur zum Spaß. Er liebte besonders meine Fröhlichkeit und mein unverkennbares Lachen. Einmal kam er mit einem Aufnahmegerät und nahm mein herzliches Lachen mit dem Mikrofon auf. Er war glücklich, wenn er nun einen schlechten Tag, oder irgendeinen Ärger hatte, ließ er die Tonbandaufnahme von mir laufen und der Tag strahlte wieder. Auf seinem

Schreibtisch stand ein Bilderrahmen mit einem Foto mit Autogramm von Liselotte Pulver, dazu mein Lachen. Für ihn war die Kombination perfekt.

Die Eltern und Geschwister von Werner waren in Berlin umgekommen, wir waren immer seine Ersatzfamilie. Nach Jahrzehnten zog er nach Jülich, baute sich ein Häuschen, wie er sagte. Wir schrieben Briefe und Karten hin und her und blieben in Verbindung. Als 1987 Vati und Mutti 1994 starben, kam er natürlich zur Beerdigung. Er konnte inzwischen schlecht gehen und kam bei der letzten Beerdigung in karierten Pantoffeln. Er sagte: „Mutti sieht es nischt mehr, aber ich bin da!"

Unser neuer Blumenladen war gegenüber dem Vorhaus von früher eine große Errungenschaft. Ein großes Schaufenster zum Hof und die Treppe mit Eingangstür, an der Tür war eine Klingel, wir hörten sofort wenn jemand kam. Das Angebot hatte sich auch erweitert, die Sträuße wurden bereits üppiger verlangt. Als sich es mit dem Laden eingespielt hatte, fuhren wir nicht mehr zum Wochenmarkt. Wir verkauften jetzt auch Karten, Vasen, Übertöpfe und fertig bepflanzte Körbe und Schalen. Die guten alten Krepppapiermanschetten wurden aber auch noch verlangt, nur seltener.

Jeden Morgen kam nun der Blumengroßhändler mit seinem Auto und bot uns frische Blumen aus Italien an. Dicke Edelnelken, Iris, Lilien, Calla, Chrysanthemen und dazu Asparagus, den groben und den ganz feinen. Im Frühling gab es echte blaue Veilchen, Margeriten und Anemonen. Zu Ostern verkauften wir wir auch viele Tulpen und Narzissen. Die Blumen aus Italien lagen zum Transport in echten Bambuskörben mit Deckel. Es war eine Augenweide. Der Händler fuhr mit seinem kleinen Kombi direkt bis vor den Laden. Es war ein ulkiges Auto, dunkelbraun mit hellbraunen aufgesetzten Holzleisten.


Neben dem Laden zum Schuppen hin, befand sich nun die Waschküche. Seit Brigitta uns verlassen hatte, übernahm ich die große Wäsche. Montag und Dienstag alle 14 Tage waren die festen Waschtage. Die schmutzige

Wäsche wurde über die Zeit in der Waschküche in Körben gesammelt. Am Sonntagnachmittag begann ich mit dem Sortieren. Die weiße Wäsche kam in ein großes gemauertes tiefes Wasserbecken, also die Tisch- und Bettwäsche. Direkt daneben war nochmal das gleiche Becken, da kam die weiße Unterwäsche hinein. Die Becken konnte man nun mit direkten Kränen oder Schläuchen voll laufen lassen. Ins Wasser rieselte nun Sil zum einweichen. So konnte früh morgens mit dem Kochen der weißen Wäsche begonnen werden. Die dunkle Wäsche wie Schürzen, Arbeitshemden und Arbeitshosen lagen außer Fein- und Wollwäsche, sowie alle Socken und Strümpfe in einzelnen Haufen, wartend auf dem Betonfußboden rum.

Ich wusch die ganze Nacht, als ich einige Jahre Erfahrung mit dem Ablauf der Waschtage hatte, war ich immer um 5 Uhr fertig. Die Freude spüre ich noch deutlich, nach getaner Arbeit das Fenster zum Hof ganz weit zu öffnen und den frischen Morgen einzuatmen. Da Mutti zu dieser Zeit oft krank war, konnte sie die schwere Arbeit nicht verrichten. Nach dem frühen Frühstück, musste die Wäsche aufgehangen werden. Auf der Grasbank war

lang eine feste Wäscheleine aus dickem Draht gespannt. Diese musste zuerst abgewaschen werden, denn sie war nach 14 Tagen schwarz, denn ein Stückchen weiter wurden in der Kokerei mittels eines großen Krans Koks auf Halden befördert. Auf der Grasbank hatte auch alles eine Reihenfolge. Ganz hinten hingen Tisch- und Betttücher, dann kam die Leibwäsche. Die Unterhosen wurden diskret aufgehangen, nicht aufreizend. Dahinter verschwanden die Monatsbinden von uns Mädchen. Sie waren aus Baumwolle und nur mühsam ließ sich das Blut rauswaschen. Auf der Leine folgten nun Hemden und Schürzen.
Mittags waren die großen ersten Teile trocken, wurden abgenommen und schon so gut es ging platt in die Körbe gelegt. Dort hing dann nachmittags Handwäsche und Socken. Bei gutem Wetter und mäßigem Wind war diese Arbeit eine wahre Freude. Bei starkem Wind riss auch schon mal eine Leine, manchmal waren die Tischdecken und dergleichen durch die Wiese geschont worden und brauchten nicht neu gewaschen werden. Den gerissenen Draht zu reparieren, erst nur notdürftig, war nicht einfach. Im Winter kam auch genauso die Wäsche nach draußen. In kurzer Zeit waren die

großen Stücke gefroren, aber bei Sonne dann auch gefriergetrocknet.

Tischdecken, Servierten, Hemd- und Blusenkragen, aber ganz besonders die Baumwoll Petticoats wurden gestärkt. Viel zusätzliche Arbeit, aber wichtig. Die Petticoats bekamen natürlich die stärkste Lösung von Hoffmann´s Stärke ab.

Ab Dienstag begann dann das große Bügeln. Die Tisch- und Bettwäsche kam in die Heißmangel. Alles andere wurde von Hand am Küchentisch gebügelt. Als wir noch ganz klein waren, übten wir stolz an Taschentüchern das Bügeln. Bis zum Donnerstag sollte nun alles in den Schränken liegen sein, denn dann fing ja die Wochenendarbeit wieder an.

Aber ein Wochenende war auch bei uns schön und interessant. Samstags- und Sonntagsabend spielte in Vati`s Stammkneipe die Hauskombo live Musik, Tanzmusik und seit kurzem auch Rock 'n' Roll.

Vati stand an der Theke, seitlich, leicht angelehnt, rauchend und genoss ein Bierchen mit oder ohne seinen Freunden.

Er beobachtete gerne die Leute und machte wieder seine Studien. Ich durfte meistens mit und tanzte gerne, am liebsten ganz wild Rock 'n' Roll. Zwei oder drei Tanzkurse hatte ich im Kunigundisheim mitgemacht. Erst einen in meiner Altersklasse, beim nächsten Kursus fehlten Mädchen, so konnte ich kostenlos wieder teilnehmen. Ständig hatte ich dazu gelernt.

Beim Tanzen am Wochenende belohnte ich meine Arbeit mit einem ganz steifen abstehenden Petticoat, super schmaler 55 cm Taille mit schickem weiten Kleid und Pferdeschwanz, ein glücklicher Teenager der Zeit.

Als das Schwarzlicht im Tanzsaal benutzt wurde, sah die Spitze unterm Kleid vom Petticoat hinreißend aus.

Nach solchen Abenden ging ich mit Vati stolz und einvernehmlich den kurzen Weg nach Hause.

Dies waren nun 15 Jahre meiner Kindheit
und ich schreibe weiter.

Mein nächstes Buch erscheint unter dem Titel:

*Mein Leben mit Blumen,*
*unverblümt erzählt*

Vielen Dank für Ihr Interesse,
Ihre Ria Potthast

Paderborn im Dezember 2018

Zeitfracht Medien GmbH
Ferdinand-Jühlke-Straße 7
99095 Erfurt, Deutschland
produktsicherheit@kolibri360.de